MÉMOIRES

D'UN PAUVRE HÈRE.

MÉMOIRES

D'UN

PAUVRE HÈRE.

« J'ai assisté aux scenes patriotiques de la
révolution , pres des hommes les plus cele-
bres de cette epoque Sans vivre dans leur
intimite, je les ai vus en certaines circonstan
ces m'offrir un profil facile à dessiner. Les
puissances des temps ont pose devant moi.
J'ai combattu à Marengo . tout pres de
l'homme extraordinaire · et je me rappelle
avec orgueil , que je suis tombe sur le
champ de Waterloo, en m'écriant avec mes
braves camarades. LA GARDE MEURT, ELLE NE
SE REND PAS. »

Mémoires d'un pauvre Hère. Chap I.

TOME PREMIER.

PARIS,

CHEZ L'AUTEUR, rue Hauteville, n° 41 ,
Et chez les Marchands de Nouveautés.

1829.

IMPRIMERIE DE DAVID,

BOULEVART POISSONNIÈRE, N 6.

AVANT-PROPOS.

Un voyage de plaisir nous avait conduits à Bordeaux il y a peu de temps. Après avoir admiré l'imposant aspect de cette ville, ses monumens, ses manufactures sans nombre, la vue de son port où circulent les richesses des deux mondes nous fit concevoir l'idée de descendre le fleuve jusqu'à la mer océane. L'espace du désir à l'exécution ne fut pas plus long que le temps strictement nécessaire pour garnir un mince porte-manteau, et nous

nous embarquâmes sur le bâteau à vapeur *la Duchesse de Berry*, en face de cette promenade nouvelle qui fut naguères le Château Trompette, magnifique citadelle où s'était épuisé le génie de Vauban, pour défendre à la fois le cours de la rivière, et maintenir dans l'obéissance une population souvent turbulente.

Le vent et la marée nous favorisaient à l'envi; nous vîmes disparaître promptement les dernières maisons du magnifique et opulent faubourg des Chartrons, tandis qu'à notre droite s'élevaient, pour s'effacer à leur tour, les collines de Lormont, fameuses par plus d'un souvenir histo-

rique. Lors des guerres conti-
nuelles qui, pendant tant de
siècles, désolèrent la Guienne,
ces côteaux furent souvent ar-
rosés de sang anglais et français;
ils virent tomber des catholi-
ques et des protestans, des fron-
deurs et des royalistes et, récemment encore, à l'époque de
la restauration, furent pavoisés
tour-à-tour du drapeau trico-
lore et de la bannière des lys.

Nos compagnons de voyage
étaient nombreux. La plus grande partie n'était occupée que
d'affaires commerciales. Group-
pés par petites portions autour
de tables chargées de beftecks,
de sardines, de salaisons, et de

1.

vin du cru, qui certes n'a rien
d'effrayant, ils laissaient échapper fréquemment les mots : *Inde*,
Angleterre, *connaissement*, *navire*, *boucauts*, etc., etc., et formaient ainsi une petite bourse
flottante. D'autres se rappro-
chaient aussi fréquemment des
mêmes points, et l'on pouvait
facilement juger à leurs discours
qu'ils étaient des propriétaires
du pays, empressés de vendre
leurs précieuses denrées destinées à faire l'honneur des festins
des deux hémisphères.

Plus d'un marché fut conclu
et cimenté le verre à la main.
Étrangers à tous, seuls au milieu
de la foule, nous cherchions

vainement une table libre pour
y déjeûner, quand nous avisâmes
un homme simplement, mais
proprement mis, déjà du mauvais côté de quarante, et dont
la physionomie annonçait une
bienveillance que ses paroles ne
démentaient pas. Nous voyant
passer près de lui avec cet air un
peu embarrassé que l'on ne
peut éviter quand on médite de
demander une légère faveur à un
inconnu, il nous offrit le premier de nous asseoir à sa table,
pour y faire un repas à frais
communs.

Après quelques politesses
échangées, notre appétit nous
imposa silence pour quelques

instans. Le bâtiment marchait avec une telle rapidité, que Blaye, le fort Pâté et le fort Médoc parurent bientôt à nos yeux. Ces trois forteresses, destinées à fermer le passage à tout navire ennemi , défendent la rive droite, une île placée au milieu du fleuve et la rive gauche. Leur destination n'est déjà plus complètement remplie. Le Chenal qui passait autrefois sous le canon de Blaye et sous celui du *Pâté* , est aujourd'hui à la gauche de ce dernier, et n'est plus en butte au feu de la plus formidable des trois citadelles.

Blaye nous rappella le fameux neveu de Charlemagne.

qui porta long-temps le nom de cette ville. On y montre même une tombe de pierre que l'on assure renfermer les restes du paladin. L'un de nous, qui se trouvait à Roncevaux il y a peu d'années, redisait à l'autre tout ce que les traditions du pays racontent de Ganelon et de sa noble victime. Une chapelle désigne encore au respect du voyageur, l'endroit où le cor d'ivoire cessa de rendre des sons belliqueux. Un reliquaire donné par Charlemagne, acquitte le prix d'une fondation, en échange de laquelle les moines de Roncevaux célèbrent tous les ans, le 11 juillet, un service solennel pour le repos de l'âme de Roland, comte de Blaye et d'Angers. Hélas ! s'écria notre convive éventuel qui nous avait prêté toute son attention, hélas ! sur quel rivage, dans quel coin de la terre l'homme pourra-t-il fouiller le sol sans agiter la poussière des héros enfans de notre belle France? Vers quelles plages n'ont-ils pas porté leurs pas aventureux; et depuis le plus antique des monumens de l'ancien monde jusqu'aux îles inconnues où disparut Lapeyrouse, quels vents n'ont pas roulé sur leurs ossemens blanchis ?

Nous le regardâmes; il nous

rendît notre regard; nous nous
étions compris, nous avions
cessé d'être des étrangers. Bientôt la conversation la plus ani-
mée charma les instans de notre
rapide voyage. Le Bec d'Ambez
était atteint, nous entrâmes dans
ce bras de mer appelé la Gironde, où la Garonne, la Dor-
dogne et l'Océan confondent
leurs eaux souvent menaçantes,
et nous vînmes mouiller pour
quelques momens à l'extrémité
du (1) *peira* de Pauillac. C'est
ici, nous dit notre nouveau

---

(1) On appelle *Peira*, dans le midi de la
France, une espèce de môle qui s'avance dans
l'eau, et sert aux embarquemens et débarque-
mens.

compagnon, ici que la fille de tant de rois dût, en 1815, abandonner sa patrie si récemment retrouvée. Le vainqueur de l'Europe l'exilait encore de son héritage; et non loin d'ici, quelques semaines après, il abandonna la terre qu'il avait subjuguée, pour aller mourir sur le rocher de Sainte-Hélène.— Que de choses dans ce peu de mots! que de destinées dans ces deux destinées !

Nous laissâmes à Pauillac bon nombre de nos passagers, qui partirent pour l'intérieur des terres. Là retentirent à nos oreilles des noms que le gastronome écoute avec une religieuse émotion. Léoville, Larose, Saint-Julien, Pichon.... Château-Margaux et Laffitte!!! Nous eussions aimé à visiter le sol natal- de tant d'impressions agréables que leurs riches produits nous avaient procurées, mais *la Duchesse de Berry* reprit vers Royan sa course rapide et majestueuse.

Plus nous avancions, et plus la scène devenait imposante et grandiose. Comme l'a dit Rabelais, ou quelqu'un de ses imitateurs, sa majesté l'Océan, *pater oceanus* des latins, nous apparaissait dans toute sa gloire. Le phare de Cordouan reposait seul nos yeux, dans l'espace immense , et les rives du golfe de Gascogne fuyaient à nos regards vers la gauche.

Bientôt nous fûmes à Royan, qui n'offre rien de remarquable ni de particulier, si ce n'est les délicieux petits poissons qui portent son nom. Ils sont de la famille des sardines, mais beaucoup plus délicats. Sans autre assaisonnement que du beurre frais, c'est vraiment un mets délicieux.

Nous paraissions tellement convenir à notre nouvelle connaissance, il nous convenait tellement à nous-mêmes, que nous n'avions pas même eu l'idée de nous séparer au débarquèment, et que nous projetâmes de remonter ensemble le fleuve ; sa course, nous dit-il, n'ayant pas eu d'autre but que la nôtre.

Nous soupâmes à table d'hôte. Un convive, courtier de commerce, nous parla du phare de Cordouan comme d'une chose à voir, et nous expliqua que le canot de *la Duchesse de Berry* pouvait nous jeter sur le rocher en passant dans les eaux, et que nous ne manquerions pas d'occasions de retour. Notre triple alliance s'étant consultée, résolut de céder à cette fatale insinuation. Le lendemain donc, notre débarquement eut lieu sur le rocher nu qui porte la tour plus remarquable pour avoir résisté aux vagues pendant tant de siècles, que par la beauté de son architecture. Une vue magnifique est le seul dédommagement que puisse éprouver celui qui prend la peine de monter jusqu'au sommet : il ne nous fut pas donné d'en jouir. A peine étions-nous arrivés, que les flots devinrent noirs et menaçans. L'ouragan commença à gronder au loin, les nuages s'amoncelèrent, une brume épaisse nous déroba le jour : suivant l'expression d'une spirituelle dame de Bordeaux :

... L'alcyon gémissant sur les dunes,
Prophétisait de grandes infortunes.

Le concierge et les quatre in-
valides qui forment la garnison
et la population de la tour de
Cordouan, nous dirent, pour
nous consoler, que quelquefois
il s'écoulait trois semaines avant
que les barques pussent risquer
la traversée. Charmante perspec-
tive ! mon camarade et moi
nous étions désolés, et notre
compagnon souriait philoso-
phiquement. Il commença par
s'assurer que les magasins con-
tenaient des vivres d'assez bonne
qualité ; et, pour nous engager
à la patience, nous raconta une
telle profusion d'anecdotes,
qu'il parvint en effet à nous
faire regretter l'instant où, après

deux jours de véritable déten-
tion, nous pûmes reprendre la
route de Bordeaux. En touchant
terre il nous fit ses adieux, en
promettant de nous revoir le
lendemain. Le besoin du repos
nous fit charger promptement
un commissionnaire de notre
modeste bagage.

Nous attendions le lendemain
notre nouvel ami, qui, en prenant nos noms et notre adresse,
ne nous avait pas offert les siens.
Comme il tardait, nous voulû-
mes mettre en ordre nos effets
de voyage, et vîmes avec surprise, que nous avions pris
pour la nôtre la valise de l'é-
tranger. Plusieurs jours s'écou-

lèrent, il ne reparut pas. Nous crûmes que l'examen de ses effets pourrait nous faire obtenir quelques indications; nous y procédâmes. Nos recherches ne nous procurèrent aucun renseignement, si ce n'est un gros cahier de papier que nous nous décidâmes enfin à dérouler. Nous lûmes en tête : *Mémoires d'un pauvre hère*. Nous nous rappelâmes que l'inconnu s'appliquait à lui-même fréquemment cette dénomination ; en parcourant les pages, nous y retrouvâmes toutes les anecdotes qui avaient donné tant de piquant à ses discours, et nous demeurâmes convaincus que ces

Mémoires étaient son histoire. Nous ne l'avons jamais revu. Qu'était-il ? nous l'ignorons. Dans ce siècle où, tant de grandes existences ont été si rapidement créées et détruites, quel rôle a-t-il joué sur la scène du monde, où il a vu trop de grands hommes et de grandes choses, pour n'avoir été que *le pauvre hère ?* Quoiqu'il en soit, et en quelque lieu qu'il se trouve, qu'il nous pardonne d'avoir livré son travail au public : nous ne l'aurions pas fait, s'il n'avait lui-même exprimé dans plus d'un passage l'envie de l'imprimer. Ce moyen d'ailleurs était le seul que nous eus-

sions de provoquer de sa part
une démarche tendant à obtenir une restitution, à laquelle
nous serons toujours préparés,
et qui peut-être nous procurera
la bonheur de continuer une
liaison dont le peu de durée
nous laisse de justes regrets.

Paris, le   1828.

J. DELCOURT,

Baron de B.....

En publiant *ces Mémoires,*
nous ne prétendons pas nous
rendre les garans des jugemens
portés par leur auteur, ni de

1*

ses opinions que nous ne parta-
geons pas toujours. Il envisage
les choses et les hommes d'après
le point de vue où ils lui sont
apparus; placés sur une ligne
divergente, d'autres ont vu les
mêmes objets sous des couleurs
nuancées d'une autre manière ;
tous peuvent avoir raison, nous
ne prononcerons pas.

MÉMOIRES

D'UN

PAUVRE HÈRE.

· ·

CHAPITRE PREMIER.

PRÉCAUTION ORATOIRE.

> Je vous parle un peu franc; mais c'est là mon humeur,
> Et je ne mâche point ce que j'ai sur le cœur.
> MOLIÈRE *Tartufe*, scène I.

Un de ces hommes à qui il ne reste plus autre chose à faire, quand ils sont parvenus aux deux tiers de leur existence, qu'à dépenser, le moins tristement possible, les jours de grâce que

le ciel leur accorde, vint naguères prendre possession du château de notre
village.

Des gens d'esprit, à ce qu'on m'a dit,
ne refusent pas à ce nouveau propriétaire, M. le baron D***, un certain mérite et quelques qualités.

Il fut d'abord officier de cavalerie au
commencement de la révolution, puis
auditeur au Conseil-d'État sous l'empire, enfin préfet. Il l'était encore en
182..., lorsqu'il reçut l'ordre de faire
une élection. Soit hasard, délicatesse
ou maladresse, l'élection fut mal dirigée;
le candidat libéral nommé, et le mi-
nistère, qui connait la maxime : *Qui
aime bien châtie bien*, engagea par une
ordonnance, M. le baron à rentrer dans
la vie privée.

Le château de la Brulerie était à

vendre. L'administrateur disgracié en fit l'acquisition et le choisit pour retraite.

Ma chaumière, éloignée du château de huit cents pas environ, est située sur la même colline. Du seuil de ma porte, comme de l'élégant balcon de la salle de billard de mon voisin, on jouit d'une vue délicieuse : à droite, la ville de Château-Renard, où ma ménagère, chaque vendredi, va vendre ses œufs et le poulet le plus gras de notre basse-cour; à gauche, une petite ville au pays de Bourgogne ; sous nos pieds, une vallée charmante, une prairie arrosée par la rivière d'Ouance, et de l'autre côté de la vallée, une chaîne de montagnes qui se développe pendant plus de six lieues. Ces richesses-là appartiennent à tout le monde; M. D***, en est pourtant très-

fier ; il parle de sa belle vue comme il
parlerait de son beau salon : ce sont
de ces habitudes de possession que je
lui pardonne d'autant plus volontiers ,
que notre ex-préfet a du bon. Il est
populaire, il aime à conter, il sait
écouter; et maintenant que l'hiver
allonge la soirée, trois ou quatre fois
la semaine il vient s'installer devant
notre foyer, tandis que ma femme tri-
cotte dans un coin et que je tisonne dans
l'autre, un peu plus loin ma fille s'occupe de sa toilette du dimanche; et le
voisin rappelle avec complaisance les
actes de son administration, quelques
traits de sa vie privée, ou m'interroge
sur mon existence passée.

Son fils, qui est ma foi un beau ca-
valier, l'accompagne toujours dans ses
visites. Ce n'est pas tout-à-fait pour

causer avec nous, que vient le jeune
homme : le chevalier est très - habile
physionomiste et très-chaud partisan de
Lavater; il prétend que ma fille a des yeux
remplis d'expression, une bouche charmante, des dents superbes, et que
toute sa figure est empreinte d'un caractère de bonté qui séduit et attache.
Mon amour-propre paternel ne trouve
rien à dire à cela ; j'aime beaucoup que
l'on trouve ma fille jolie : toutefois j'ai
cru devoir avertir notre jeune physionomiste qu'il devait, dans l'intérêt de
tout le monde, s'en tenir aux observa-
tions. Je suis un de ces pères assez sots
pour se fâcher sérieusement des gen-
tillesses de messieurs les jeunes gens à
la mode ; je serais même capable de
porter la barbarie jusqu'à priver M. le
baron de l'héritier de sa fortune et de

ses grandeurs, si celui-ci s'avisait jamais
d'en donner un à ma pauvreté sans
m'en demander la permission légale.

Le chevalier qui m'a vu, les jours de
fêtes carillonnées, revêtu de mon vieil
uniforme, faire encore assez bonne
contenance, m'a juré qu'il n'avait aucune intention blâmable, et que sa
bienveillance pour ma fille est toute
fraternelle. Je veux le croire sur parole
et me contente de l'avertir, par un
coup-d'œil expressif, quand il me paraît un peu trop près de Marie. M. le
baron, que l'âge rend moins distrait
que son fils, ne cesse de me tourmenter pour lui conter mon histoire; il
prétend qu'elle doit être intéressante,
puisque j'ai beaucoup vu. C'est vraiment
un trop brave homme pour le contra-
rier plus long-temps : ma bonne ména--

gère a souri ; cela veut dire qu'elle m'entendra avec plaisir. Ma fille ouvre de grand yeux noirs avec un sentiment de curiosité ; le jeune homme a reçu l'ordre d'écrire sous ma dictée : il peut être bon de l'occuper. Allons, c'en est fait, me voilà décidé.

Puisse M. le baron ne pas se repentir de m'avoir excité à rédiger mes Mémoires. Mes doctrines ne sont peut-être pas tout-à-fait les siennes ; il croit au pouvoir que donne la fortune ; la division de la société en classes de riches et de pauvres, de titrés et de gens sans cordon et sans parchemin, lui semble une conséquence de l'ordre naturel ; et moi, selon l'expression d'un ancien, je ne vois dans l'être orgueilleux ou vil qui porte le nom d'homme, qu'un animal à deux pieds, sans plumes, qui rêve

2.

des chimères, qui croit à des sottises,
et qui finit par pourrir, sous quelques
pieds de terre. Sans être dévôt, cependant je suis les préceptes du christianisme; j'ai foi en l'immortalité de l'âme;
je suis religieux enfin, parce qu'il est
doux d'espérer.

Tantpis pour M. le baron, si parfois
je suis trop prolixe, si ma franchise
nuit à quelques réputations, si mes
idées ne sont pas toujours orthodoxes.

. Toutefois mon histoire n'est pas sans
intérêt. J'ai assisté aux scènes patriotiques de la révolution, près des hommes les plus célèbres de cette époque.
Sans vivre dans leur intimité, je les ai
vus, en certaines circonstances, m'offrir un profil facile à dessiner; les puissances du temps ont posé devant moi;
j'ai combattu, à Marengo, tout près de

l'homme extraordinaire, et je me rappelle avec orgueil que je suis tombé
sur les champs de Waterloo en m'écriant
avec mes braves camarades : *La garde
meurt, elle ne se rend pas.*

CHAPITRE II.

MA NAISSANCE. — AURORE DE LA RÉVOLUTION.
— CONSEILS D'UN HOMME DE BIEN. — SYSTÈME
D'INTERPRÉTATION. — COUP D'ÉTAT.

> Vous le savez, chacun a son genie
> Pour l'éclairer et diriger ses pas
> Dans les sentiers de cette courte vie,
> VOLTAIRE, *Sesostris*, Conte,

DANS un coin de la Normandie, vers
les confins du pays picard, il existe un
petit village nommé Hoden.

Une trentaine de maisons bâties en
terre, couvertes en chaume; à quelque
distance du groupe de ces demeures
rustiques, un espèce de château, puis

une église au centre du village, voilà tout ce que Hoden doit au génie des hommes : la nature l'a doté beaucoup plus richement.

Là florissait en 1778 Nicolas Lambert qui, plus tard, sous un autre nom, se précipita sur le théâtre mouvant de la révolution. Lambert n'était encore que professeur d'A , B, C dans ce modeste village, lorsque l'amour surprit son cœur.

Aux avantages d'un physique agréable, le maître d'école ajoutait de grandes et belles qualités qui le rendaient aussi cher à ses concitoyens qu'aux jeunes filles à marier.

Parmi ces jeunes filles, les yeux ou plutôt le cœur du magister distinguèrent Charlotte Evrat, la Psyché du canton. Si Charlotte était la plus jolie

des villageoises, Lambert était le plus
séduisant des amoureux; vous devinez
aisément qu'il fut bientôt le plus heureux des hommes.

Conteur intéressant, il savait égayer
les veillées d'hiver par l'anecdote du
jour, quelques vieilles histoires des anciens seigneurs, des contes merveilleux.
S'élevant jusqu'aux arts chers aux mu-
ses, il soupirait la plaintive romance,
et par une transition toujours heureuse,
précipitait la naïve chansonnette. Il
avait quelque connaissance des lois et
des coutumes de Normandie; il aurait
pu citer *ex abrupto* la part des aînés
dans chaque succession, et figurait à
chaque mariage, non pas seulement
comme le directeur des cérémonies re-
ligieuses, mais comme le protecteur de
tout nouvel établissement. Dieu sait le

nombre de ces guirlandes formées de
roses et d'épines dont il arrangea les
nœuds! A vingt-trois ans, c'était vraiment l'homme essentiel, l'homme le
plus important, l'homme le plus utile
et le plus occupé du village, peut-être
même de la province entière. Les jeunes
victimes de l'inconstance le consultaient
sur leurs naïfs chagrins, et s'il ne ra-
menait pas toujours à leurs genoux le
volage séducteur, il enseignait par quels
moyens le fruit de l'amour devient l'objet de la pitié; enfin chacun prévoyait
déjà ses hautes destinées, mais l'horizon, borné alors de toutes parts, le
rendait assez modeste pour se croire
heureux en devenant l'époux de la gentille Charlotte : je naquis de cette union,
le 19 octobre 1779.

Je conçois qu'il puisse être intéres-

sant de rapporter avec la plus scrupu-
leuse exactitude toutes les particularités
de l'enfance des personnes illustres. On
suit les progrès de l'esprit d'un être extraordinaire avec le même intérêt que
le développement d'une plante rare.
Mais il serait plus que ridicule de tenir
note exacte des faits et gestes d'un enfant ordinaire, qui ne devra l'intérêt
que, peut-être, inspireront ses Mémoires, qu'aux circonstances bizarres
qui l'ont approché de personnages his-
toriques.

Je me transporte donc tout-à-coup
au temps de mon adolescence, à ce
temps où la France venait d'être bou-
leversée par un ouragan. Là des ambitieux s'agitent en tout sens, ici des
hommes généreux triomphent ou pé-
rissent avec gloire; plus loin des fous

orgueilleux et des étourdis, frappés d'aveuglement, cherchent à tâtons le chemin de la patrie, et prétendent se le frayer par le fer de l'étranger.

Lambert n'est plus à Hoden ; parjure et dénaturé, il a quitté sa femme, son fils et son village ; l'ambition l'a conduit à Paris. Sous un nouveau nom que je tairai, puisque je ne puis le citer avec éloge, il écrit, il tonne, il déclame dans les clubs. Enfin il figure partout où il y a une motion à faire, une idole à renverser et des sermens à prononcer.

Lambert nous a laissé ma mère et moi dans un état voisin de la misère et chaque jour réduit nos ressources ; que faire ? ma mère pleure, je roule dans ma tête mille projets extravagans ; enfin je crois avoir trouvé le chemin de la fortune.

« Pourquoi n'irions-nous pas aussi à Paris, dis-je à ma mère? Paris est favorable à mon père, pourquoi ne nous le serait-il pas aussi? partons; là nous retrouverons Lambert, nous l'invoquerons comme un protecteur, s'il ne nous est pas permis de l'embrasser comme un parent; partons. »

L'argument parut décisif; ce voyage plaisait à ma mère, mon audace avantureuse lui paraissait une inspiration; en peu de jours tous nos préparatifs furent terminés et nous voilà partis.

Nous dirigeâmes notre route par Aumale, où nous devions prendre congé de mon premier et unique précepteur, homme de bien qui présidait à un cours d'instruction que la reconnaissance seule payait.

Prêtre aussi sage que généreux, c'é-

tait par des actions vertueuses qu'il
prêchait la vertu; il avait embrassé
avec chaleur les principes de la révolution. La liberté et la religion ne lui
paraissaient pas incompatibles; l'une
et l'autre, disait-il sont nécessaires;
l'une et l'autre assurent aux humains
une plus vaste portion de bonheur. Il
répétait sans cesse : notre royaume n'est
pas de ce monde; le prêtre ne doit
revendiquer ici bas que la part d'influence à laquelle une conduite sage
donne des droits.

« Partez, mes enfans, puisque vous
l'avez résolu, nous dit le vénérable
mentor, il vaudrait mieux, sans doute,
selon les préceptes de Virgile, vivre
dans la médiocrité et ne jamais quitter
son pays. Le chemin du monde est
souvent hérissé d'obstacles et de cir-

-constances bien difficiles, mais on se
tire de tous les mauvais pas avec une
bonne conscience : partez, mes enfans,
une aurore éclatante se lève pour la
France, la liberté nous promet, non
des jours sereins, mais des jours brillans de gloire ; et le ciel serein succé-
dera aux orages. Espoir et fermeté ;
aimez toujours la patrie, vous serez
toujours agréables à Dieu.

L'esprit humain a , comme les pla-
nètes, ses phases, ses périodes et ses
révolutions. De plus savans que moi
s'emparant de cette pensée, ne man-
queraient pas d'évoquer à l'appui, le
témoignage de l'histoire ; ici, je n'ai
d'autre ambition que de l'appliquer à
notre position présente à ma mère et
à moi.

Nous avions quitté notre village pres-

qu'avec plaisir. Le premier mouvement
d'enthousiasme nous prêta un moment
une joie et des forces factices, mais
nous n'eûmes pas plutôt perdu de vue
les dernières maisons d'Aumale, que les
réflexions arrivèrent.

« Qu'allons-nous devenir?.... que fe-
rons-nous?....... qui nous servira de
guide?.... » A ces pensées, de plus con-
solantes succédèrent; la marche donne
de l'activité à l'esprit, et nous voilà
faisant des chateaux en Espagne; rê-
vant grandenr, gloire et fortune. La
fatigue renversa peu à peu l'édifice de
notre bonheur. Lorsque nous entrâmes
dans Grandvilliers, nous n'étions plus
que des malheureux, fuyant le repos
et notre village pour courir après des
chimères.

Nous ne demeurâmes à Grandvil-

liers que le temps de ranimer nos
forces par un mince repas, de là nous
allâmes à Marseille et le soir nous cou-
châmes à Beauvais, où nous attendait
une rencontre assez plaisante qui cependant fut sur le point de nous être
fatale.

Nous avions quitté Beauvais à la
pointe du jour, nous suivions assez
tristement le chemin de Páris, lorsque
nous aperçumes à peu de distance quelque chose de grotesque qui, comme
nous, cheminait pédestrement; nous
nous fûmes bientôt rapprochés, ce quelque chose était un homme et la conversation s'engagea.

« Vous allez à Paris?.

« — Hélas ! oui.

« — C'est une grande ville bien tu-
multueuse.

« — Aujourd'hui plus que jamais sans doute.

« — Morbleu! il n'y fait pas bon, et si j'avais un conseil à vous donner....

« — Il est trop tard pour reculer.

« — Diable ! le petit bon homme paraît déterminé. » Il se fit un moment de silence, j'en profitai pour examiner avec attention le compagnon de voyage que le hasard nous avait offert

Un chapeau de forme triangulaire, une veste sur laquelle le temps avait imprimé de nombreux stigmates, des bottes qui témoignaient, par leur forme gigantesque, qu'elles avaient été faites pour une jambe moins grêle, enfin, pour complément de costume et comme insignes du métier, un tablier, reste vénérable d'un tapis, orné de

2*

deux poches remplies de petites brochures.

Le silence ne fut plus interrompu, que de loin en loin par des monosyllabes et des questions tout-à-fait sans intérêt, pendant deux heures de marche. Nous ne commençâmes une conversation régulière et suivie, qu'à notre première station, assis sur une borne renversée par le vent, à six lieues de Beauvais.

« — Vous n'avez donc, dit l'homme au chapeau triangulaire, aucun projet déterminé?

« — Aucun.

« — Connaissez-vous quelqu'un à Paris?

« — Une seule personne.

« — Cette personne a sans doute les

moyens et la volonté de vous rendre service?

« — Nous l'ignorons encore, dit ma mère en soupirant.

« — Pauvres gens, reprit notre compagnon de voyage, je vous plains! et sa figure fraiche et rebondie, empreinte d'un caractère de bonté, me parut un moment moins comique.

« — Mais que portez-vous là, mon petit ami, continua-t-il en s'adressant à moi?

« — (Il montrait du doigt un sac de peau que j'avais à la main) une clarinette, monsieur.

« — Dites citoyen, c'est un titre. Vous jouez de cet instrument?

« — Assez bien, dit-on.

« — O mes amis, s'écria-t-il avec enthousiasme, l'heureuse rencontre! vous

2*.

accepterez ma proposition, et votre fortune va commencer.

« — Je suis chanteur ambulant, vous avez pu le deviner, c'est un métier tout comme un autre, il est des circonstances...... ne parlons pas de cela ; seul sur mes tréteaux, je ne fais qu'un effet médiocre ; unissez-vous à moi ; vous, citoyenne, vous chanterez, le petit nous accompagnera de sa clarinette. »

Ce projet extravagant plaisait à mon ardente imagination ; il répugnait à ma mère, mais j'avais tant d'empire sur son esprit ! le chanteur, qui nous dit se nommer Denis Robert, faisait du métier un tableau si séduisant, et par dessus toutes ces considérations, la nécessité de pourvoir à notre existence, la détermina. Nous arrivâmes à Beaumont, résolus d'essayer nos forces sans plus tarder. C'était un jour de marché; le chef de la troupe nous eut bientôt procuré un théâtre plus convenable qu'élégant, formé de trois mauvaises chaises. Robert débuta par des grimaces qui attirèrent la foule; ma mère, rouge jusqu'aux oreilles, baissait les yeux, moi, je soufflais dans ma clarinette à perdre haleine. Il se fit un moment de silence, et Robert annonça avec emphase, à une dixaine de curieux, qu'il allait chanter une fort jolie chanson que l'on pouvait se procurer pour la bagatelle de deux sous, et aussitôt il commença et chanta à tue-tète.

Des rouleaux d'or qu'il range sur la table,
Un gros banquier considérant l'effet,
Peut bien, ma foi, trouver fort agréable

De ne jamais quitter son cabinet.
Moi, mes amis, quand je vois la semaine
Prête à finir, je me dis tout joyeux ;
Demain, dimanche ; ah ! quand on se promène,
On est toujours heureux.

« Un gros banquier..... demain dimanche....' quand on se promène ; il y
a de l'aristocratie là-dessous, disait un
homme de la foule, à son voisin, personnage d'une certaine gravité.... Il y
a de l'aristocratie là-dessous. L'homme
est né libre, il est vrai, mais il est né
-pour travailler. *Ut opéraretur.* C'est-à-
dire pour avoir le diable au corps, mais
écoutons. »

Ce beau vallon, ces bois, cette prairie,
Tout m'appartient, je suis riche et seigneur,
Là je renverse et plus loin j'édifie,
Ne consultant jamais que mon humeur.
Je ne crains plus la contrainte et la gêne,

Jamais d'obstacle au moindre de mes vœux :
Oui, mes amis, oui, quand on se promène,
On est toujours heureux.

« Je le sontiens, ce sont des aristocrates, disait encore le même individu
à la même personne; je suis riche et
seigneur.... mais c'est un appel à la ré-
volte. Je renverse et j'édifie.... point de
doute, c'est bien d'un projet de conspiration qu'il s'agit, *timeo Danaos*,
ce qui veut dire : Marche toujours et
ne t'y fie pas. Il recommence, écoutons
encore, il ne faut pas les juger sans les
entendre.

De nos penchans généreux interprètes,
Le vieux Jupin, Mahomet et Jésus,
Du paradis font un séjour de fêtes,
Un beau jardin pour nous autres élus.
Oui, nous irons, la chose est bien certaine,
Et réunis nous dirions tout joyeux :
Toujours dimanche; oh ! quand on se promène,
On es t vraiment heureux.

» Idées superstitieuses, le paradis....
c'est un guet-à-pens, et le dimanche
qui revient sans cesse ; mal intention-
nés, vous dis-je. Examinez cette femme, elle est parbleu jolie, sa main est
délicate et blanche, c'est une aristo-
crate, citoyen magistrat, il n'en faut
pas douter. Il faut veiller au salut de
l'empire. Il faut m'ordonner d'arrêter
ces conspirateurs ou....

« —Arrêtez, dit le maire d'une voix
tremblante, puisqu'il est décidé que
vous me ferez toujours faire ou des sottises ou des mauvaises actions. » Sans
lui répondre, le patriote érudit s'avança
vers nous, nous déclara ses prisonniers
au nom de la loi, et nous entraîna
chez le maire.

CHAPITRE III.

JUSTICE MUNICIPALE. — RENCONTRE D'UN PHI-
LOSOPHE. — MADAME DE CONDORCET. — MAU-
VAIS PROPOS DE SES ENNEMIS. — MADAME
HELVÉTIUS. — SON OPINION SUR LES AFFAIRES
DU TEMPS.

> Dieu laissa t-il jamais ses enfans au besoin?
> Aux petits des oiseaux il donne la pâture,
> Et sa bonté s'étend sur toute la nature
> RACINE, *Athalie.*

« CITOYEN, votre nom?

« — Denis Dorling.

« — Vos papiers?

« — Les voici. »

Le chanteur avait retiré d'une poche placée sur sa poitrine, un papier
plié en quatre; le grave magistrat, lu-

nettes sur le nez, se mit à le parcourir,
en prononçant à haute voix et par sac-
cade, comme s'il n'eût fait qu'obéir à
une force d'impulsion régulièrement
combinée, les premières et les dernières syllabes de chaque alinéa de cet
écrit. L'homme aux interprétations qui
nous avait appréhendés au nom de la
loi, paraissait bien plus occupé des
beautés idéales d'une grande composi-
tion oratoire sur notre prétendue conspiration, que de la triste position de
ses prisonniers. Ma mère, tremblante et
les yeux baissés, osait à peine respirer;
moi seul j'avais conservé l'esprit aussi
libre que si j'eusse été encore au milieu
de mes compagnons de travail et de
plaisir, et je promenais alternative-
ment mes regards de l'officier municipal à ma mère et de l'homme aux inter-

prétations à l'Illcviou forain qui, par parenthèse, faisait en ce moment moins bonne contenance que sur son théâtre en plein vent. Sa figure avait bien encore le même caractère de bonhomie, de franchise, et de gaieté, mais une vague inquiétude en affaiblissait la vive expression, inquiétude qui fut bientôt remplacée par sa sérénité ordinaire, lorsque le magistrat improvisé lui remit ses papiers en disant : «Ils sont en règle. »

Cette conclusion, qui ne plaisait guère à l'homme aux interprétations, lui fit lever la tête et l'arracha à ses méditations ; il s'apprêtait à répliquer à l'officier municipal, mais celui-ci le prévint et l'arrêta tout-à-coup, en répétant d'un petit ton despotique. « Il est en règle, vous dis-je. A votre tour, jeune femme ?

3.

« — Permettez-moi une légère digression, citoyen magistrat, avant de sortir, dit le chanteur.

« Dans l'intérêt de la cause qui vous occupe, je dois vous déclarer que ma liaison avec ces braves ne date pas de très-loin. C'est sur la route que je les ai rencontrés; ils allaient à Paris, j'en suivais le chemin ; ils paraissaient assez embarrassés de leur avenir ; je leur proposai de se joindre à moi pour égayer, par des chansons, le beau pays de France qui, ce me semble, a plus que jamais besoin que l'on travaille à ses plaisirs; ces braves gens acceptèrent ma proposition. Voilà l'histoire de notre intimité. J'ignore absolument tout ce qui a précédé cette journée; il est donc tout-à-fait inutile que je demeure plus long-temps ici. La faim, il faut

bien l'avouer, me faisant une nécessité
de vous quitter au plus vite, comme
j'ai remarqué, citoyen, qu'aux fonctions importantes de magistrat, vous
unissiez celles non moins précieuses de
patriarche à la moderne, selon les lu-
mières du siècle, je vous demande la
permission de passer dans une autre
pièce, pour me faire servir à dîner.

« — Il faut auparavant , s'écria
l'homme aux interprétations, que vous
nous dévoiliez le but de vos chants sé-
ditieux.

« — Halte-là , citoyen Girard ? dit
l'aubergiste magistrat. Je ne suis plus
de votre avis : boire et manger selon
nos besoins et notre volonté étant au
nombre des droits d'un être né libre ,
j'autorise et j'admets le citoyen Dorling, qui me paraît un fort honnête

patriote, dont enfin les papiers sont en règle, je l'admets, dis-je, à souper chez moi, moyennant rétribution ; allez, citoyen, faites-vous servir du poisson très-frais, du veau excellent; allez, nous procéderons bien sans vous à l'interrogatoire de cette jeune femme et de son fils.

« — De quel pays êtes-vous, jeune femme ?

« — De Hoden-au-Bosc.

« — Vos noms ?

« — Charlotte Eyrat, femme Lambert.

« — Vos papiers.

« — Nous n'en avons pas, répondis-je hardiment.

« — Ah, vous n'en avez pas ! Que signifie une semblable réponse ; vous n'en avez pas, mais vous devez en avoir!

« — Quelle crainte une femme et un enfant peuvent-ils inspirer ?

« — *Timeo Danaos* et les enfans aussi.

« — Silence, citoyen Girard, je n'entends rien à ce maudit langage. »

Girard fit un geste de mépris. « Ce latin signifie, rira bien qui rira le dernier.

« — Jeune homme, qu'alliez-vous faire à Paris?

« — Y chercher un ingrat, son mari, mon père.

« — Il vous a donc abandonnés pauvres gens, c'est abominable! Auriez-vous besoin de prendre quelque chose?»

Il offrait gratis, si j'en crois le témoignage de deux grosses larmes qui s'échappaient de ses yeux.

« Halte là! à mon tour, magistrat,

dit l'homme aux interprétations, sortant tout-à-coup de son état méditatif; je prétends prouver que ces gens - là sont autres que ce qu'ils prétendent être ; qu'ils sont aristocrates, ennemis de l'Etat, enfin de vrais émissaires de Coblentz; l'âge de l'enfant, la hardiesse de ses manières, le ton décent de la jeune femme, son embarras, la blancheur de ses mains, tout enfin me prouve ce qu'elle est.

« — Oui, sans doute, dit un homme d'un aspect imposant, sorti tout-à-coup d'un cabinet; oui sans doute, tout prouve ce qu'elle est, une bonne et franche paysanne, qui va perdre à Paris, peut-être et ses vertus et sa fraîcheur. »

A l'aspect de l'étranger les deux patriotes s'étaient courbés jusqu'à terre.

« Votre zèle, Girard, dit l'étranger, à l'homme aux interprétations, vous entraîne beaucoup trop loin; il faut aimer la liberté, mais avec discernement et ne jamais lui sacrifier d'autres victimes que notre ambition, notre orgueil et nos préjugés. Croisons les bras à l'aristocratie, sans égorger les aristocrates; prenons garde à nous, mes amis; nos fautes nous seront comptées pour des crimes; assez d'ignorans prennent parti pour les ténèbres, assez d'esclaves dorés regretteront leur chaîne; soyons calmes, mes amis, et gardons-nous de l'erreur.

« Cette femme n'est qu'une paysanne simple et naïve qu'une affaire pénible entraîne à Paris; son fils n'est qu'un étourdi. Je me charge de les conduire au but de leur voyage et de leur rendre tous les services que leur position réclame.

« Girard, vous perdez ici un temps précieux, retournez à votre boutique, les harnois restent à faire, le laboureur s'impatiente; votre ménagère gronde, et vous, mon ami, ajouta l'homme grave à l'amphitryon, homme d'Etat, que le soin des pareilles affaires ne vous fasse pas négliger vos fourneaux. »

L'homme aux interprétations se retira un peu confus, toujours saluant jusqu'à terre; le magistrat, perdant toute son âpretérépublicaine, redevenu tout-à-coup le plus conciliant des aubergistes, dit à l'étranger du son de voix le plus doux : « Prendrez-vous quelque chose avant de partir, M. de Condorcet? » Il en fut pour ses frais de politesse. Nous partîmes aussitôt, etquelques heures après nous étions à Paris.

Madame de Condorcet était alors une des plus jolies femmes de la capitale ; par attachement pour son mari, elle paraissait donner quelque attention aux affaires publiques ; il n'en fallait pas davantage pour s'attirer la haine des vieilles femmes, des étourdis, des sots, et les traits de la calomnie.

Accueillait-elle d'une manière distinguée les amis de son époux, vite on l'accusait de coquetterie ; des libellistes écrivaient qu'elle laissait son fichu entr'ouvert pour gagner des partisans au philosophe ; enfin quelques-uns de ces heureux de la veille qui se consolaient en Angleterre de la perte de leur fortune, des honneurs et de l'estime de leurs concitoyens, par des jeux de

mots, des calembourgs et des carica-
tures, l'avaient représentée dans l'état
de pure nature, avec cette légende:
Res publica ; le héros du jour à ses
pieds disait en étendant la main : Voilà
ma grande Charte, je jure d'y être fidèle.

Madame de Condorcet, forte de sa
conscience et de l'estime de son mari,
paraissait peu sensible à ces mauvais
propos; elle n'en fut jamais moins aimable avec ses amis, moins disposée à
rendre service à ceux qui invoquaient
son obligeance; elle aussi a bien mérité le surnom de *belle et bonne*.

Sous les dehors les plus froids, le
philosophe cachait une âme non moins
sensible; toujours calme, mais toujours
prêt à faire les plus grands sacrifices
pour la cause de l'humanité, il n'avait

qu'un seul défaut, c'était de penser beaucoup trop de bien de l'espèce humaine, opinion qui le rendait souvent dupe des menées des fripons.

On devine aisément que M. de Condorcet avait assisté, du petit cabinet d'où il était sorti si à propos pour nous, au lit de justice municipal du maire de Beaumont, et que son esprit éclairé avait bien vite apprécié notre position ; mais le philosophe en cette circonstance n'avait fait en notre faveur que ce qu'il aurait fait pour tout autre ; tant le besoin d'aimer et de rendre service était naturel à son cœur ; ce n'était certes pas une maladie endémique en ces temps-là, et Dieu sait si de nos jours elle a fait des progrès.

En dépit de l'altier patriotisme de Girard et de la morgue administrative du nouveau bourguemestre, M. de Condorcet n'en exerçait pas moins une influence décisive sur ces grands citoyens; car c'est en vain que l'on se berce d'idées d'égalité; l'égalité est impossible par cela seul qu'elle n'a pas toujours existé; les grands ont pris une certaine habitude de bon ton et d'autorité que les petits n'auront jamais; d'un autre côté, ces petits, *voire* même l'homme de mérite sans fortune, éprouvent près des heureux de la terre une certaine gêne, un malaise de maintien, un besoin de soumission dont ils chercheraient en vain à se débarrasser; un moment d'ivresse et de témérité a bien pu les redresser momentanément devant leur idole, mais bientôt il leur a fallu revenir à leur état naturel et s'agenouiller comme autrefois : ce que nous avons de mieux à faire, c'est de nous en consoler ; portons le bât puisque nous n'avons pas le courage de le secouer, et revenons à notre histoire.

Notre belle et bonne protectrice, madame de Condorcet, réalisa en peu de jours les promesses de son mari ; elle procura à ma mère une place aussi lucrative qu'agréable, près d'une autre belle et bonne, madame Helvétius, la veuve de cet homme d'esprit, qui fit dans un livre le procès à la vertu, et prétendit borner toutes les facultés de l'homme à la sensibilité physique, alors que chez lui jouissant et digne du bonheur moral, bon mari, excellent père, content de tous ceux qui l'entouraient, il goûtait tous les plaisirs de la vie domestique et se livrait avec délices à la bienfaisance, premier besoin de son

cœur. Madame Helvétius, fille du comte
de Ligheville, alliée à la maison de
Lorraine, était bien digne d'être l'é-
pouse d'un honnéte homme; elle se
moquait des prétentions des nobles et
causait de tout avec esprit; Chamfort
prenait un plaisir extrême à sa conversation, quoiqu'elle ne sût rien, disait-
il, et ne réfléchît à rien de ce qu'elle
disait, elle plaisait toujours et instrui-
sait quelquefois. Elle eut des amis du
plus grand mérite; Laroche, Cabanis,
Gallois, Francklin, l'abbé Morellet,
Turgot, enfin l'homme extraordinaire,
Napoléon. Madame Helvétius habitait
alors sa retraite d'Auteuil, et ma mère
fut installée près d'elle, à titre de femme
de charge, quoique son véritable em-
ploi fût toujours celui de causeuse et
de confidente de ses bonnes actions.

Je restai auprès du philosophe : mon
écriture étant assez bonne, je lui ser-
vais de secrétaire. Cependant, comme
il n'avait pas oublié que le but de notre
voyage à Paris était la recherche de
Lambert, il employait tous les moyens
possibles pour s'en procurer des nouvelles ; mais il n'était pas facile de le
découvrir parmi tant de puissances im-
provisées, sorties la veille de leur village. Dès qu'il m'était permis de dispo-
ser d'un moment, je volais à Auteuil ;
la bonne madame Helvétius passait des
soirées entières à causer avec ma mère
et moi ; chez elle, comme partout, les
affaires publiques redevenaient souvent
l'objet de la conversation ; elle parlait
encore avec légèreté, mais toujours
avec esprit et bon sens de l'état de la
France.

3*

« Quatre partis distincts se disputent le pouvoir, disait-elle ; les constitutionnels, les républicains, les orléanistes et les contre-révolutionnaires.

« Les constitutionnels sont de braves gens, un peu niais, un peu pâles, un peu tremblans ; leurs idées sont bonnes, leurs intentions sages, mais ils manquent d'énergie pour les mettre à exécution. Le parti républicain est composé de rêveurs, d'idéologues, de sots, de scélérats ; les scélérats malheureusement l'emporteront, parce que ceux-là ne manquent jamais d'énergie ; celui d'Orléans s'est recruté des exilés de la cour, d'intrigans et de mauvais sujets de toutes les classes. Les contre-révolutionnaires sont des fous, qui ne savent rien accorder au temps, à la marche de l'esprit humain ; leur réunion aux constitutionnels sauverait l'Etat é et le trône. Mais trop d'orgueil d'un côtité, trop de prétentions de l'autre les aveeuglent tous ; ils sacrifieront tout à leeur ambition et à leurs préjugés. Ainsi paarlait l'oracle d'Auteuil ; nous fûmes troop tôt à portée de reconnaître la vérité dde ses prédictions.

CHAPITRE IV.

RENCONTRE D'UNE JOLIE FILLE. — SOUVENIRS
COULEUR DE ROSE. — L'HORIZON POLITIQUE
S'OBSCURCIT.

Rien qu'y songer je me sens tout ému !

LE souvenir des premières amours
charme l'imagination dans toutes les
circonstances de la vie; il surgit du fond
de notre cœur, il égaie la fin de notre
carrière et jette encore un reflet de
bonheur sur les derniers instans de
notre existence.

Une jeune demoiselle, fille d'une intime amie de madame Helvétius, venait
fréquemment à Auteuil. Seize ans, une

figure ravissante, une taille élégante,
un beau talent sur le piano, un esprit
pétillant de saillies, une vivacité en-
traînante, faisaient de mademoiselle
Amélie de Valcour une petite merveille ;
mon pauvre cœur devint son esclave à
la première rencontre, sans espérance
toutefois, et pour le seul plaisir d'aimer.
J'avais trop bien calculé la distance qui
nous séparait, pour concevoir aucun
projet ; mais semblable à ces papillons
de nuit que la lumière attire, je volti-
geais sans cesse autour de la dame de
mes pensées et je trouvais toujours le
moyen de me trouver sur son passage.

Soit que l'aimable enfant se fût aper-
çue de mon timide amour, que son
cœur n'y fût pas insensible, ou que son
esprit fort précoce eût deviné tout le
parti que l'on pouvait tirer, sans se

compromettre, de l'intimité d'un jeune
homme, à peine sorti de l'enfance, et
dont la position précaire semblait une
garantie contre les sentimens qu'il pouvait inspirer, nous ne fûmes pas long-
temps sans nous entendre parfaitement.
L'adroite Amélie ne négligeait aucune
occasion de se trouver seule avec moi ;
la bonne madame Helvétius ne surveil-
lait pas nos demarches ; son cœur excellent et vertueux lui servait toujours
de point de comparaison pour juger
les autres ; j'entrais à toute heure dans
la chambre d'Amélie ; elle avait sans
cesse quelque chose à me commander,
c'était des romances à transcrire, de la
musique à copier ; nous courions ensemble au bois, à la prairie, l'amour
nous égarait souvent ; mais hélas ! un
jour il fallut se séparer et se séparer

pour la vie. Le mariage d'Amélie était
décidé avec le ci-devant marquis de ...
Il était jeune, aimable, en tout digne
de lui plaire; Amélie consentit sans répugnance à cette union, qui semblait ne
promettre que des jours heureux. Quelques travers d'esprit de part et d'autre
soulevèrent bientôt des orages qui fi-
nirent par briser les faibles nœuds de
l'hymen.

Le jeune marquis, amoureux de sa
femme jusqu'à la folie, prétendait que
chacun devait être jaloux de son bonheur; il voulait que son Amélie fût re-
connue pour la plus belle, partout où
elle paraissait. Sa tendresse ou sa mauvaise humeur dépendait du rôle plus ou
moins brillant qu'elle avait joué au salon pendant la soirée. Un essaim de
jeunes gens s'était-il press é sur ses pas

il lui parlait d'amour; il l'accablait de
caresses; l'avait-on négligée ? il la grondait, déclamait contre le mauvais goût
de sa parure, et faisait lit à part.

Amélie, naturellement portée à la
coquetterie, le fut davantage sous les
auspices d'un tel mentor; par ordre de
son mari, elle fit des conquêtes. Ce ne
fut d'abord qu'un simple amusement;
peu à peu cet amusement prit une teinte
plus sérieuse : on ne joue pas impuné-
ment avec son cœur; une coquette
finit toujours par s'enlacer dans les lacs
qu'elle prépare. Le jeune de Beauh.....
fit sa connaissance; il fut heureux en
amour comme il devait l'être plus tard
en guerre; depuis, le général de C......
l'enleva à son époux; le divorce fut
prononcé! Mais notre jeune héroïne
avait pris goût au changement. Rester

fidèle à son nouvel amour, c'était pour
elle la chose impossible; elle habitait
avec son heureux complice un château,
acheté pour elle, et qu'elle rendit le
théâtre de scènes plus voluptueuses
qu'héroïques. Le général se fâcha;
aidé d'un autre général, homme plein
d'audace, intrigant et peu scrupuleux,
sorti de dessous terre par une commo-
tion politique, il chassa la volage et
conserva sa propriété, qui du reste
coûta cher, si non à sa bourse, au moins
à son cœur. Amélie se retira dans un village aux environs de Joigny, et tandis
que son ex-amant, chargé d'honneurs
et de dignités, abandonnait son existence
au hasard de la guerre, elle, profitant
des beaux jours de sa vie, adoptant
la morale de Ninon, goûtait de tous
les plaisirs, changeait tous les huit jours

de passion et faisait une foule d'enfans
de toutes couleurs avec une facilité
étonnante.

J'ai anticipé sur les événemens, pour
vous donner une idée de la rapidité des
conquêtes de mon ex-Amélie ; toutefois
je n'ai pas tout réglé avec elle ; nous la
verrons reparaître souvent ; mais repor-
tons-nous au temps de mes visites chez
madame Helvétius.

L'horison politique s'obscurcissait
chaque jour davantage ; les orléanistes
et les girondins excitaient la populace
au désordre : des libelles lus en public,
des chansons cruellement plaisantes en-
tretenaient le peuple dans un état con-
tinuel d'effervescence : tout était permis, hors le bien. Les massacres s'orga-
nisent ; Manuel, Robespierre, Danton,
sont à la tête de la fortune publique.

Quatre cents prêtres sont égorgés par trois cents scélérats! Plus de justice: la vieillesse, la vertu, l'innocence n'ont plus de droit aux respects des hommes; un voile lugubre couvre la France entière, et le peuple, semblable au tigre qui s'échappe d'une ménagerie, laisse partout, sur la route qu'il parcourt, des traces sanglantes de son passage.

4.

CHAPITRE V.

UNE TABLE D'HOTE. — QUELQUES PORTRAITS.
— DANTON. — FOUCHÉ. — ROBESPIERRE.
— VERGNIAUD. — PAULETTE.

> ....Grands Dieux ! c'est à de telles mains
> Que vous avez commis le salut des Romains !
> CRÉBILLON.

UN jour M. Condorcet, près duquel
j'avais repris au moins par momens les
fonctions de secrétaire, me chargea de
voir de sa part, pour quelque affaire
peu importante, un de ses collègues
qui demeurait rue Saint-Jacques. Je ne
le trouvai pas chez lui, mais on me
dit qu'il dînait habituellement impasse
du Dauphin près de Saint-Roch. Le

désir de m'épargner une nouvelle course
m'inspira l'idée d'aller l'attendre au
lieu indiqué. Il y vint en effet à l'instant où on allait s'asseoir à une nom-
breuse table d'hôte à laquelle il m'offrit de prendre place, ce que j'acceptai,
ayant à causer après de l'affaire qui
m'amenait.

Cette réunion gastronomique était
présidée par une très-jolie femme ma-
riée à un menuisier propriétaire de la
maison. C'était une véritable annexe
de la convention nationale. Là furent
préalablement discutées une grande
partie des motions qui partirent du
haut de la tribune pour renverser l'édifice social. Là j'entendis les proposi-
tions les plus sublimes et les plus bizarres. L'oratorien Fouché, avec toute
l'autorité que lui donnaient sur ses col-

lègues une éducation et des études supé-
rieures, proclamait les droits de l'homme et les principes qui, plus tard, ser-
virent de base à la constitution de l'an
III. Le capucin Chabot proposait
comme ressource financière considérable, l'établissement d'un impôt sur les
cercueils, qu'il qualifiait, en nazillant
par un reste d'habitude, d'objets de
luxe et d'ostentation. Danton fit obser-
ver que cet impôt aurait l'immense
avantage de ne pas faire crier les con-
sommateurs, et ce quolibet dérida un
instant des fronts habituellement sou-
cieux et sévères.

Près de la maîtresse du lieu était
placé un homme pour lequel elle se
plaisait à montrer une préférence mar-
quée. Cet homme, jeûne encore, d'une
figure peu remarquable, était minu-

tieusement recherché dans sa toilette :
une coiffure très-soignée, un frac élégant, un gilet de soie rose brodé à
fleurs, d'énormes chaînes de montres
et une chaussure en harmonie avec le
reste, composaient sa parure un peu
efféminée. Sa voix assez douce ne prenait d'éclat que lorsqu'il jetait dans la
conversation des phrases incidentes,
vives, emportées, indiquant un pen-
chant décidé pour les mesures extrê-
mes ; mais il n'en soutenait pas long-
temps la discussion. Satisfait d'avoir
exposé ses idées ou ses vœux, il reve-
nait en apparence aux pensées douces
qui semblaient l'occuper par choix :
cet homme était Maximilien Robespierre !! Danton et lui, alors amis in-
times, formaient le contraste le plus
absolu, quant à l'extérieur. Autant l'un

était recherché et gracieux, autant
l'autre était cynique et austère. Leurs
âmes étaient toutefois malheureusement d'accord. Vergniaud, chef des
députés de la Gironde, faisait aussi
partie de ce dîner. Jeune, beau, ardent, Vergniaud n'avait dans le cœur
ni perfidie, ni cruauté. La liberté fut
son idole, elle lui fit adopter de coupables erreurs; il les expia sur l'échafaud, quand, à la tête des girondins,
il voulut arrêter les torrens de sang
dont on inondait le sol de la patrie.
Robespierre l'envoya à la mort comme
il y avait déjà envoyé Danton pour
tout autre motif. Vergniaud, prêt à
courber la tête sous l'instrument de
son supplice, envoya une petite montre émaillée à une jeune personne
morte depuis long-temps aujourd'hui,

dont il avait dit-on, été le premier
amour. Etrange destinée qui mêle les
illusions, les enchantemens d'une tendre passion aux crimes, aux déceptions
de la politique, et qui trouve le terme
de tant de tumultes, seulement, sous la
hache du bourreau!

Bien d'autres encore échangeaient
devant moi des paroles de confiance et
d'amitié, qui, plus tard, devaient être
les victimes les uns des autres. A peine
un ou deux ont survécu d'abord à la
tourmente excitée par eux : le temps les
a frappés à leur tour. Tous dorment à
présent dans la tombe; tous se sont re-
joints au-delà du redoutable passage.
Seul des convives du 11 décembre 1792,
je reste pour garder le souvenir de cet
étrange banquet.

Comme dans la plupart des établis-

semens du même genre, il fallait être
présenté dans celui-ci, mais une fois
admis, on pouvait y retourner. Une
très-bonne chère que payait une partie
des dix-huit francs par jour que s'é-
taient alloués messieurs les députés,
tous les journaux du temps, l'avidité
des nouvelles et le désir de l'observation
qui fut toujours mon goût dominant,
me ramenèrent fréquemment dans la
rue du Dauphin. La liaison de Robespierre avec la belle Paulette n'était un
mystère pour personne, et s'il avait de
nombreux rivaux, Fouché seul semblait chercher ouvertement à le sup-
planter, ou du moins à partager sa
conquête.

Un jour j'avais devancé l'heure du
repas et je lisais les écrits périodiques
dans un cabinet attenant à la salle à

manger, lorsque j'entendis Paulette
entrer dans cette dernière pièce en
causant d'une voix élevée avec son
amant; me croyant destiné à entendre
une querelle d'amour, je me tins coi;
et bien que sans aucun goût pour certain mode d'investigation, j'entendis le
dialogue suivant :

« Ainsi Fouché t'a renouvelé ses pro-
positions ?

« — Mon Dieu oui! chaque jour c'est
une obsession nouvelle.

(Un moment de silence.) « Crois-tu
que ton empire sur lui soit réellement
irrésistible ?

« — Il me l'assure du moins; mais
ces anciens calotins sont si faux !

« — Tu me jures aussi que tu ne lui
as rien accordé ?

« — Peux-tu le demander, puisque je t'aime !

« — Eh bien ! se dit-il à lui-même en marchant à grands pas, tentons ce dernier moyen.

« — Qu'as-tu donc, mon ami ? tu m'effraies !

« — Paulette, ma chère Paulette ! tu sais si je t'aime, si je t'adore ! Eh bien ! donnons au monde l'exemple d'un dévouement sans bornes, d'une sublime abnégation de nous-mêmes.

« — Que veux-tu ? Parle !

« — Ecoute, les momens sont chers ; tu sais que Fouché dispose dans la Convention d'une grande quantité de voix. Son assistance nous était promise dans le grand procès qui nous occupe. Depuis quelques jours il mollit ; il a des scrupules, il hésite, et sans son appui nous ne pouvons frapper le coup qui doit détruire à jamais la tyrannie. Dignes imitateurs des anciens, sacrifions notre amour à la patrie qui nous implore.

« — Comment! tu veux que je te trahisse par ton ordre même ?

» — Je veux que tu t'élèves comme moi au-dessus des préjugés, au-dessus des affections, quand il s'agit des intérêts publics. Tu balances! apprends donc que mes amis, moi-même, nous périssons si nous sommes vaincus. En toi seule repose notre avenir, notre destin tout entier.

« — Quoi ! si tu échoues tu seras.....

« — Traîné à l'échafaud. Tu frémis!... Ne me dis rien. J'ai annoncé à Fouché que je ne paraîtrais pas ici de la journée. Il va venir sans doute pour essayer de mettre le temps à profit. Arrache sa parole à tout prix; et demain prosterné à tes pieds comme à ceux d'une divinité, je pare ton front d'une couronne civique. »

Il l'embrassa et partit. Immobile de stupeur, glacé d'effroi, je restais incapable de remuer, quand un bonjour mielleux m'annonça la présence de Fouché. Paulette répondit d'une voix tremblante. Etonné mais content de la trouver émue, il en conçut un favorable augure et multiplia ses instances. Paulette peu à peu rassurée lui répondait avec le ton du doute; enfin elle lui dit :

« Comment voulez-vous qu'on accorde quelque confiance à un homme qui abandonne ses amis ?

« — Est-ce de moi que vous parlez ?

« — De vous-même.

« — Pourquoi supposez-vous cet abandon ?

« — Parce que plusieurs s'en plaignent.

« — On pourrait les rassurer.

« — Il faut plus, il faut me jurer de ne pas séparer vos projets des leurs.

« — Et à ce prix la belle Paulette s'attendrirait en ma faveur?

« — Elle aurait au moins pour excuse la preuve de son empire sur vous.

« — Aimable enfant! comment refuser quelque chose à de si jolis yeux. »

Un baiser que j'entendis retentit à mon oreille comme le glas de la mort. Le bruit d'une porte m'apprit qu'ils étaient passés dans l'appartement intérieur. Je m'échappai ·comme un homme poursuivi par une hideuse apparition, et dis adieu pour·toujours au repaire duquel je sortais : c'était le 13 de janvier.

·Le 20, cinq voix prononcèrent la condamnation de Louis XVI; Fouché et les siens votèrent avec la majorité!...

CHAPITRE VI.

LE 21 JANVIER. — APPARITION DE LAMBERT.
— MON DÉPART POUR L'ARMÉE. — CONSPI-
RATION DE LA ROUARIE. — THÉRÈSE DE MOEL-
LIEN. — LE CHEVALIER DE F...L.

> Le juste a paru mort aux yeux des insensés, et
> ils ont regardé sa sortie de ce monde comme
> une véritable ruine, mais il est en paix.
> *Sagesse*, ch. III, v. 2, ch. IV, v. 10

J'ÉTAIS las du séjour de Paris, j'étais
las de ma portion de liberté, achetée
au prix du sang d'un si grand nombre
de citoyens; tant de scènes atroces, si
souvent répétées, fatiguaient ma jeune
imagination; j'en étais à regretter mon
village, mon pain noir et mes habits de
tirtaine. La reconnaissance cependant

4*

m'enchaînait encore à la destinée du philosophe : je n'osais lui parler de ma peine ; je n'osais lui faire part de ma répugnance à suivre ses pas, à habiter sa maison, à copier ses écrits ; je n'osais enfin lui dire : Le crime est ici et je dois fuir.

En vain je trouvai dans ma mémoire ces paroles d'adieu de mon vénérable précepteur : *Aimez la patrie, et vous serez toujours agréable à Dieu.* Je ne comprenais plus la liberté ; je ne comprenais pas la révolution. N'était-ce qu'une mascarade impie et sanglante ? Que voulait-on ? Où allait-on ? Le peuple est-il vraiment représenté par des aboyeurs de tribune ? Qu'ont fait ces Solons de nouvelle espèce pour mériter notre confiance ? Par quelles actions d'éclat se sont-ils placés à la tête des affaires publiques? D'obscurs libellistes, quelques avocats sans talent, de malheureux intrigans sortis de la lie du peuple, d'anciens courtisans perdus de dettes et d'honneur, étaient-ce là des apôtres dignes de la liberté, de cette idole des cœurs vertueux? Louis XVI, comparaissant avec calme et dignité au tribunal de ces brigands, me semblait un héros, un sage, un demi-dieu; ce fut pour jouir une dernière fois de sa présence, pour rendre hommage à sa vertu, pour saluer à son heure dernière l'ange prêt à remonter aux cieux, que, le 21 janvier, je suivis la foule qui se précipitait... Je le vis monter d'un pas ferme à l'échafaud; il va parler, l'espoir rentre dans les cœurs... Mais un barbare a prévu cette scène attendrissante, il ordonne aux tambours d'é-

4*.

touffer la voix du juste : ces seuls mots,
je pardonne, arrivent jusqu'à nous. Je
veux en vain me dégager de la foule, je
suis donc condamné à repaître mes
yeux du sanglant spectacle!... Une sorte
de torpeur s'empare de mes sens, et
ma tête, malgré moi, retombe sur ma
poitrine.

Tout est consommé, mais je n'ose
lever les yeux; je suis le mouvement de
la foule, sans savoir où je vais : enfin
je promène autour de moi des regards
inquiets; qu'ai-je vu? quel est cet
homme? Lambert!... mon père, ô bonheur! Je renverse vingt personnes,
j'arrive jusqu'à lui, je presse ses mains,
je l'entoure de mes bras... Ne me re-
connaît-il plus? Que ses caresses sont
froides! Je le suivrai en dépit de son
accueil glacial; il reviendra aux senti-

mens de la nature... Mais quel est cet homme qui lui parle avec mystère; sa main presse la sienne, son bras s'entrelace sous son bras, et cet homme est Jacques Roux, l'un des municipaux qui... « Jacques Roux votre ami !... Adieu, mon père, je ne vous reverrai jamais. »

Je me dirige machinalement vers les Champs-Elysées, toujours maudissant les hommes, la liberté, les sottises de l'ambition; je me demande encore quel est le but que l'on s'est proposé.

La justice, la réforme des abus? Mais les abus ne sont-ils pas nés avec les hommes? L'égoisme n'est-il pas là pour déranger le système le plus sagement combiné? Les passions; les préjugés, les besoins de l'espèce humaine ne sont-ils pas autant d'entraves au

libre exercice de nos droits? Les chaînes que forgent six cents soûverains
sont-elles moins lourdes que celles for-
gées par un seul ? Le sénateur, le consul
aura ses courtisans aussi bien que le
roi ; était-ce donc la peine de verser
tant de sang pour de nouvelles idoles,
pour de nouveaux maîtres, pour d'autres préjugés? J'en étais là de mes réflexions, lorsque deux hommes, vêtus
d'un costume militaire, passent près de
moi : ils parlaient avec chaleur et mar-
chaient avec vitesse, s'arrêtant par
saccades ; l'un disait à l'autre : «Il n'est
plus possible de rester ici ; allons rejoindre notre brave général, l'honneur
s'est réfugié *sous les drapeaux.*

« — Vous partez, m'écriai-je, pour
aller à la guerre. Ah! Messieurs, permettez-moi de vous suivre. Comme vous

je souffre, l'air que l'on respire ici est mortel; j'ai besoin d'en changer.

« — Alfred, qu'en penses-tu? dit le plus jeune à son camarade; il me pas-raît bien jeune encore

« — Oh! Messieurs, ne me refusez pas, je vous en supplie, laissez-moi partager vos fatigues et votre gloire.

« — Victor, le petit bon homme me semble courageux; si...

« — Alfred, que risquons-nous?

« — Oui, oui, Messieurs, vous y consentez, je partirai avec vous.

« — Eh bien! viens, dit Alfred, nous n'avons pas de temps à perdre, et ne va pas démentir au premier coup de canon ton ardeur martiale.

« — Je me sens du courage, Messieurs; j'aime ma patrie, et je n'ai rien à perdre que l'existence. »

Ce n'était pas un voyage spontané-
ment décidé; une chaise de poste attendait les deux militaires, j'y monte
en troisième. Les deux officiers occu-
pent le fond, une sellette nomade est
placée pour moi sur le devant; j'y se-
rai mal, mais je fuis Paris; je vais à la
guerre; je deviendrai quelque chose,
je servirai mon pays. Les deux officiers,
bercés par le mouvement uniforme de
la voiture, ne tardent pas à s'endor-
mir. Je ne dormirai pas, moi, lors
même que ma position serait moins gê-
nante; mille pensées d'espérance me
tiendraient éveillé; cependant mes sens
sont plus calmes, je ne me repens pas
encore de ma résolution, mais je pense
à ma mère; je regrette d'avoir quitté
mon père aussi brusquement. N'a-t-il
pu causer avec ce Jacques Roux sans

être son complice? Ce Jacques Roux lui-même est peut-être moins coupable que... j'aurais dû... Non, j'ai bien fait, il faut partir, il faut courir à l'armée, puisque l'honneur s'est réfugié sous les drapeaux.

Il avait été écrit là haut que je serais témoin des scènes les plus violentes de la révolution; c'était en vain que je fuyais Paris : les deux jeunes officiers ne se dirigeaient pas vers la frontière, nous courions en poste sur la route de la Bretagne, dont la majeure partie des habitans s'était révoltée.

La Bretagne est à la France ce que l'Écosse est à l'Angleterre, non par la position topographique, mais par ses mœurs, les coutumes et les préjugés de ses habitans. C'est un pays à part; c'est la portion romantique du territoire français. Le Breton comme l'Ecossais pousse la religion de l'habitude jusqu'au fanatisme. Ennemi de toute innovation, stationnaire et superstitieux, il devait nécessairement s'opposer au renversement des abus, se dérober au régime de la raison et des lois, et rejeter avec fureur les bienfaits de la civilisation.

On tomberait dans une grande erreur si l'on attribuait l'insurrection des Bretons à leur attachement à la monarchie : ils étaient trop loin du trône pour apprécier les vertus de celui qui l'occupait, et trop ensevelis dans les ténèbres de l'ignorance, pour aimer autre chose que leurs vieux préjugés et leurs grossières habitudes. Ils ne supposaient d'autre but aux meneurs patriotes que le bouleversement de ce qui était, et ne voyaient dans la révolution

qu'un attentat à leurs mœurs sauvages.
Les chefs de l'insurrection eux-mêmes
n'étaient pas des royalistes très-purs.
Armand, marquis de La Rouarie, l'âme
de ce vaste complot, n'avait armé une
opposition contre le gouvernement
créé par d'ambitieux réformateurs, que
parce qu'il n'avait pu figurer dans leurs
premiers rangs; la nature l'avait créé
pour être chef de parti. Tourmenté par
les passions les plus violentes, il se déclara ennemi du gouvernement monar-
chique, lorsqu'il n'était encore qu'officier dans les gardes - françaises. Epris
jusqu'à l'extravagance d'une actrice, il
voulait l'épouser: il se battit en duel
avec son rival, encourut la disgrâce
du roi, s'empoisonna de désespoir, fut
secouru, se fit chartreux, jeta le froc
aux orties pour s'attacher à la cause des

indépendans d'Amérique; revint en
France, se déclara le chevalier des par-
lemens et de la noblesse en opposition
avec la cour, et fit peu après une retraite forcée à la Bastille.

Aidé de Thérèse de Moëlien, sa cou-
sine, jeune fille non moins remarquable
par sa beauté que par l'amour qu'elle
avait conçu pour un jeune Américain,
frère d'armes de son parent (passion
qui la rendait insatiable de gloire), elle
fit un grand nombre de partisans à La
Rouarie; et la conspiration aurait sans
doute été fatale au gouvernement, si La
Rouarie n'eût été trahi par un nommé
Latouche, dans lequel il avait placé
toute sa confiance.

Les deux officiers avec lesquels je
voyageais faisaient partie de l'armée de
Beysser. Je n'ai jamais su le motif qui

les avais amenés à Paris, et j'ignore
pourquoi nous demeurâmes près d'un
mois à Fougères, sans autre occupation
que de nous promener le matin, boire,
manger et fumer. Alfred et Victor, qui
trouvaient en moi de l'étoffe pour faire
un bon soldat, se gardèrent bien d'a-
vilir, par un état abject, la dignité de
ce caractère ; ils n'exigèrent jamais de
moi d'autres services que ceux qu'un
ami peut rendre à son ami.

De Fougères j'écrivis à ma mère ; je
ne lui disais rien de ma rencontre avec
Lambert ; je ne lui parlais que de ma
tendresse et de mes projets de gloire et
de fortune. J'étais encore à Fougères
lorsque je reçus la réponse de ma mère ;
elle contenait des reproches, l'invita-
tion la plus pressante de revenir près
d'elle, l'assurance de la protection de

madame Helvétius ; mais rien n'aurait pu me faire rétrograder, j'attendais avec trop d'impatience le moment de marcher à l'ennemi.

Un soir que je revenais seul à Fougères, après une promenade à la campagne, je vis quelqu'un s'avancer avec vitesse à ma rencontre ; je m'arrêtai à tout événement pour attendre de pied ferme ; mais je fus bientôt hors d'inquiétude ; une robe légère agitée par la rapidité de la marche, un vaste chapeau de paille rabattu de chaque côté , des formes gracieuses qui se dessinaient à travers l'obscurité, tout m'apprend que c'est une femme. « *Il n'est plus*, me dit-elle, avec mystère.

« — Qui ?

« — La Rouarie.

« — Comment, La Rouarie ?

« — Qui êtes-vous donc? » s'écrie avec force l'étrangère, et le bout d'un pistolet était dirigé vers ma poitrine.

« Un très - petit personnage, je le confesse, » lui répondis-je, en la désarmant avec une célérité qui ne lui laissa pas le temps de m'opposer aucune résistance; ma main gauche avait saisi son bras.

« Qui êtes-vous? répétait - elle encore.

« — Vous vous trompez de rôle, lui dis-je avec gaieté, c'est à moi maintenant à vous interroger.

« — Mon nom est bien connu : je suis Thérèse de Moëlien.

« — Thérèse de Moëlien dites-vous? Je veux que le diable m'emporte, si jamais j'ai entendu citer un nom semblable. Belle amazone, je n'ai pas l'honneur de vous connaître; je suis bien persuadé toutefois que vous êtes jolie; il est à-peu-près prouvé que ce n'était pas moi que vous espériez rencontrer ici; mais soyez sans inquiétude; je n'abuserai pas de votre secret, par la raison qu'il m'est fort indifférent que le citoyen La Rouarie existe ou ne soit plus. Allez, beauté imprudente, soyez désormais moins étourdie; et plaise au ciel que vous ne placiez jamais plus mal votre confiance. Je garde ce pistolet en souvenir de notre heureuse rencontre.»

Ma main s'ouvrit, et l'amazone disparut comme une ombre. Hélas! je devais encore la revoir, mais en quelle occasion! Cette rencontre tant soit peu romanesque, ne doit cependant pas paraître invraisemblable à ceux qui voudront bien se reporter au temps et au pays où la scène se passait.

Thérèse de Moëlien, émissaire de la conspiration, était loin de posséder cette prudence et cette discrétion si nécessaire aux conspirateurs. Elle était jeune, et son amour pour Carlson l'avait portée pour un moment au-delà du cercle dans lequel une femme peut se mouvoir; mais elle n'en avait pas moins conservé les faiblesses de son sexe.

Puisque j'ai commencé à parler des malheurs des royalistes, je placerai ici le récit d'une aventure célèbre de cette époque.

Très-jeune à l'époque de l'émigration, le chevalier de F...l était encore dans toute la fougue des passions, lorsqu'il rentra en France pour y servir à

l'organisation de l'armée *Royale et Ca-*
tholique. Un cœur droit et sincère ajoutait un charme puissant aux grâces de
sa personne ; il n'avait point encore
aimé. Le premier château qui lui servit
d'azile à son arrivée, fut celui d'une
dame veuve qui l'habitait avec sa fille
unique , agée de dix-huit ans. On devine
facilement que la jolie châtelaine plut
au beau croisé. Il était sensible, il était
aimable, il se crut aimé. Mille petites
préférences obtenues sur plusieurs camarades , une foule de soins , d'atten-
tions délicates ajoutèrent à sa convic-
tion. O combien il souffrait quand un
austère devoir le forçait à s'éloigner
d'elle ! Que de fois il brava tous les
dangers de la position d'un proscrit
pour la voir un instant, pour l'entendre
une minute ! Un soir il était près d'elle,

tout-à-coup on annonce que les cours
se remplissent de soldats ennemis. La
maîtresse du château craignant la mort
pour le chevalier, l'insulte pour sa fille ,
n'eut que le temps de les cacher l'un et
l'autre dans un réduit pratiqué dans
l'épaisseur d'une muraille. Quelle situation pour un homme ardent et
amoureux. Le peu d'étendue du lieu où
ils se trouvaient les plaçait forcément
presque dans les bras l'un de l'autre;
sa compagne se livrait avec abandon.
Il s'oublia. Mais si ses sens, l'occasion,
l'égarèrent, son cœur était resté pur.
A peine fut-il en présence de la mère
de sa jeune complice, qu'il tomba à ses
genoux, se chargea seul généreusement
de la faute de tous les deux, et ne se
releva qu'avoué pour fils, par celle qu'il
implorait. Toutefois, considérant l'af-

reuse position où se trouverait l'épouse d'un homme sans patrie, sans azile, engagé dans la plus dangéreuse comme dans la plus noble lutte, il crut devoir ajourner son mariage. Ses devoirs l'appelaient ; il s'éloigna après les plus touchants adieux. Bientôt un messager vînt l'instruire que l'état de celle qu'il aimait rendait son hymen nécessaire : il n'hésita pas, courut la rejoindre ; et le soir même, il fit à Dieu et à elle le serment de vivre pour le bonheur de sa nouvelle famille.

Des ordres arrivés peu d'heures après la cérémonie à laquelle avaient assisté plusieurs amis du chevalier, vinrent l'arracher à la couche nuptiale, et l'obliger à partir sans délai. Il descendit pour conférer avec celui qui les apportait. Après une assez longue conversation,

le besoin d'un papier important le fait
remonter dans son appartement. Il
avance avec précaution pour ne pas
réveiller l'épouse dont il a, peu d'instans avant reçu le baiser d'adieu....
Quelle est sa surprise de l'entendre parler! la croyant agitée par un rêve pénible, il veut entrer, la porte est fermée.
Une autre voix se mêle à la première,
c'est celle du jeune D..., officier royaliste. O rage! le nom du malheureux
de F...l est prononcé avec dérision!
L'état qui avait dû hâter son mariage
existait avant la scène de la cachette ,
nul soldat ennemi n'avait paru dans la
cour du château, tout était supposé,
tout était joué !

Forcené de douleur, incapable de
proférer une parole, de F...l s'éloigna.

Il sortit sur le champ de cette maison
de corruption où son amour et son
honneur étaient également trahis. S'en-
fonçant dans les bois environnants, il
suivit le premier chemin qui s'offrit à
sa vue. Le jour commençait à poindre,
ce jour qui devait éclairer la plus ter-
rible vengeance. De F...l s'arrêtait à
l'idée d'appeler en duel ce D..., la cause
première de son offense, mais le trou-
ble de son esprit lui avait fait négliger
les précautions nécessaires à sa sûreté
personnelle : le chemin qu'il avait pris
le conduisait à la ville voisine et des
patrouilles de gendarmerie battaient
continuellement les routes de la forêt.
Il fut atteint, saisi par l'une d'elles. Loin
de chercher à se soustraire à sa destinée, il ne cacha ni son nom ni son état,

et fut, en conséquence, conduit à la
prison pour être livré à une commission militaire.

Il allait mourir; cette idée lui don-
nait la seule consolation qu'il pût recevoir. Mais il allait mourir et le sang
n'avait pas lavé son injure! et sa coupable épouse jouirait en paix d'un nom
qu'elle avait flétri! et le fruit d'un cri-
minel amour usurperait ce nom jusqu'alors sans tache. A cette affreuse
pensée sa tête s'égara tout-à-fait. Il ne
fut pas difficile à la commission de faire
parler un homme en délire; l'arrestation de sa femme, de sa belle-mère, du
jeune D..., fut le résultat de son premier
interrogatoire. La procédure ne traîna
pas en longueur. Tous les trois, convaincus d'avoir conspiré contre le gouvernement, furent condamnés à mort.

Avant la fin du second jour, le plomb
mortel les avait atteints.

Cependant de F...l revenu à lui-même, apprit tout à-la-fois qu'il s'était
souillé du nom de dénonciateur, et que
ceux qui l'avaient offensé n'existaient
plus. Peu avant il croyait ne pouvoir
être plus à plaindre, le malheureux! il
était innocent alors! les autres l'avaient
déshonoré; aujourd'hui il s'était déshonoré lui - même! il se prodiguait les
épithêtes les plus odieuses. Cette passion si vraie, si douce naguères, se ré-
veillait dans son cœur! son épouse lui
paraissait innocentée par la mort, et il
s'accusait de l'avoir assassinée. Le tré-
pas lui restait : on le lui refusa. Les
juges cruellement humains, l'avaient
recommandé, vû l'importance de ses
aveux, aux chefs du gouvernement, et

ceux-ci le flétrirent d'une amnistie entière, accordée par eux à la délation.

Il fut donc mis en liberté, mais son
existence lui était trop à charge pour
qu'il voulût la conserver. Condamné à
périr sans gloire, il ne voulut pas périr
sans utilité. Caché sous les plus grossiers habits, il rejoignait un des corps
les plus éloignés des armées royales, et
là, s'exposant sans mesure, il trouva
bientôt le terme où tendaient ses plus
chers désirs. Sans doute il fut coupable,
mais il n'avait pas mérité de l'être ; et
je crois qu'on ne peut, sans un excès
de sévérité, refuser un regret à un
jeune guerrier dont la vie, long-temps
pure, l'eût toujours été sans de crimi-
nelles intrigues.

CHAPITRE VII.

LA JOLIE CAMÉRISTE. — LE TEMPS A MARCHÉ. — ENCORE AMÉLIE. — COUP-D'OEIL EN ARRIÈRE. — HEUREUX ÉVÉNEMENT.

> Ah Colas! je me facherai
> Si ça t'arrive encore
> *Chanson.*

En ce temps-là... ma foi, il me serait difficile de vous préciser l'année, le peuple souverain avait changé la marche du temps, on ne disait plus 1700, mais an I et an II; et, pour ne pas tomber sans-doute dans de vieux erremens, messieurs les réformateurs avaient commencé leur ère nouvelle par le siècle de fer, et du fer de première qualité; en ce temps-là donc j'ouvris les yeux, ma surprise fut extrême.

Une chambre commode, des meubles élégans, un bon lit dans lequel je me dorlotte : décidément me voilà le chevalier de la fortune; qu'ai-je fait pour mériter autant de bonté des dieux? En vérité, je ne comprends rien à leur générosité... Aie! qu'est-ce donc que j'éprouve? Diable, serai-je moins heureux que je le pensais d'abord; je sens là, derrière la tête, jusqu'à la clavicule de l'épaule, une douleur... Ah! juste ciel, des emplâtres! c'est une blessure, vraiment... oui, morbleu; je m'en souviens, j'ai reçu un coup de sabre. Les maudits Bretons, comme ils m'ont arrangé!... Brigands, si jamais!... Mais quelqu'un s'avance... une femme! ô bonheur! Excellent M. Azaïs, je ne

5*.

vous connaissais pas encore, et pourtant je me disais : la délicieuse compensation ! j'avais sans doute deviné votre système.

Des yeux bleus d'une douceur ! une taille d'une élégance ! le petit tablier ! on n'est pas plus séduisante ! la charmante cameriste ! que va-t-elle nous dire ? écoutons! « Comment vous trouvez-vous ?

« — On ne peut mieux, je ne me rappelle pas avoir été malade.

« — Hélas ! nous avons long-temps craint pour votre vie.

« — Pour ma vie! en vérité, je vous jure que je me porte bien.

« — Dieu soit loué! de la tranquillité, le médecin l'ordonne, du silence surtout. Puis s'approchant, elle s'efforçait de rentrer dans le lit une main qui était parvenue à saisir une autre main petite, blanche, potelée, que j'entrainai sur mes lèvres.

« — Quelle folie! à quoi pensez-vous donc?

« — Aimable enfant dont j'ignore le nom.

« — Dites Zéphirette.

« — Zéphirette, adorable Zéphirette! ce nom est bien digne de vous.

« — Songez à votre blessure.

« — Il en est une dont je ne me guérirai jamais.

« — Que tout cela serait beau, si cela pouvait être vrai.

« — J'aime pour la première fois, charmante Zéphirette! »

Et l'aimable enfant de fredonner en faisant une pirouette : » *Ça se peut bien, mais pour moi, je n'en crois rien;*

non, monsieur Alexis, je n'en crois pas un mot.

« — Alexis! qui vous a dit mon nom?   .

« — Ma maîtresse.

« — Et qui est donc votre maîtresse?

« — Vous ne devinez pas?

« — A moins d'être sorcier.

« — Votre cœur ne vous dit pas.

« — Mon cœur n'a pas le don de deviner, en vérité je ne comprends rien du-tout à cette évocation.

« — Votre cœur ne vous dit pas que vous êtes chez la marquise de Saint...

« — Chez Amélie!

« — Fi donc! chez Amélie; que signifie ce ton familier? si Monsieur vous entendait.

« — Monsieur, oh! c'est bien différent, dès qu'il y a monsieur.

« — Ne craignez rien ; il est si bon enfant.

« — Son éloge dans votre bouche, légère Zéphirette, ne peut me le rendre qu'odieux.

« — Quelle idée extravagante! au reste, vous serez bien forcé de lui rendre justice, quand vous saurez que vous lui devez la vie.

« — Je lui dois la vie !... et j'ajoutais *in petto* je dois bien davantage à la Marquise, mais je vous en supplie, dites-moi quel bonheur m'a fait tomber entre les mains de la Marquise? Ces rencontres sont absurdes à force d'être invraisemblables; je n'y comprends rien, absolument rien ; toutefois il faut bien que mon histoire offre

quelques-uns de ces événemens im-
prévus, extraordinaires pour qu'elle
vaille la peine d'être racontée un jour.

' « — Patience, patience, je vais aller
prévenir Madame de votre rétablisse-
ment. »

J'allais la revoir, lui parler. M'aime-
ra-t-elle encore? Sans doute : les soins
qu'elle a pris de mon existence ne sont-
ils pas un sûr garant de sa tendress e
Heureuse blessure! maudits Bretons,
quel service vous m'avez rendu! et puis
une suivante si jolie! Amélie, si vous
cessiez de m'aimer... Excellent monsieur Azaïs, j'ai deviné votre système...
il est simple.., il est conforme au drame
de la vie..; la vie est un composé de
peines et de plaisirs, il y a bien long-
temps qu'on l'a dit. C'est là ce grand
système de compensation; il ne fallait

pas être un profond penseur pour établir que le bien succède au mal comme le jour à la nuit. Il y avait à peine quelques minutes que Zéphirette était sortie, lorsque je vis entrer dans ma chambre une jeune femme appuyée sur le bras d'un jeune homme, qui me parut très-élégant, et même beaucoup trop pour le temps où nous vivions. Ils étaient suivis de l'aimable camériste; c'était Amélie et son mari le marquis.

Monsieur de Saint-Maxent avait une figure agréable, de la tournure et les manières élégantes d'un jeune homme de bonne compagnie. A son aspect, je restai interdit, non qu'il m'en eût imposé, mais par un sentiment de justice qui détruisit tout-à-coup mes espérances les plus chères, en m'apprenant

combien entre lui et moi la comparaison
serait ridicule. Je ne doutai pas un
moment qu'un tel mari ne dût plaire,
être aimé, et captiver à jamais la femme
la plus coquette.

Amélie parut enchantée de mon ré-
tablissement, mais ce n'était que l'expression de la bonté, de la bienveillance, ce n'était plus de l'amour. Tout
entière aux devoirs de sa position,
sous le charme d'une passion nouvelle
et légitime, je ne retrouvais plus dans
ses yeux le souvenir des jardins de
madame Helvétius et de nos jeux for-
tunés; je n'eus pas le courage de m'en
affliger, je retournai avec complaisance
mes pensées vers la jolie camériste, et
je souhaitai de tout mon cœur à ces
jeunes époux bonheur et prospérité.

On devine que les jeunes époux

étaient bien pressés de connaître mon histoire; il fallut raconter *comme quoi* je quittai Paris pour aller à la guerre; *comme quoi* je fus trompé dans mon espérance, et *comme quoi* j'avais été ennuyé à Fougères et le motif de mon départ de cette ville.

Fatigué de l'inaction dans laquelle je vivais, il m'était venu dans l'idée vingt fois de demander mon *exeat* à mes deux protecteurs; mais la crainte de passer pour un étourdi, courant les aventures et ne sachant ce qu'il veut, m'arrêta toujours. Enfin un événement pénible vint me donner le courage que je cherchais en vain.

Un jour que, selon ma coutume, je tuais le temps en traçant des lignes courbes, directes, et des circonférences sur la place de la ville, je vis une es-

6.

pèce de charrette traverser cette place;
elle était suivie ou plutôt entourée de
quelques individus mal vêtus et mal
armés, ce qu'on appelait alors armée
révolutionnaire. Je m'approchai de la
voiture, deux hommes et trois femmes
y étaient enchaînés; leurs manières,
leurs costumes, tout prouve qu'ils appartiennent au plus haut rang de la société, je m'approche encore, qu'ai-je
vu! Oh! c'est bien elle! c'est mon amazone du clair de lune, Thérèse de Moël-
lien! elle se retourne; ses yeux ren-
contrent les miens; je les conduis sur
la poche de mon habit, placée sur ma
poitrine, et, par un mouvement rapide, je lui présente certain pistolet
qu'elle avait laissé entre mes mains, et
je le cache aussitôt. « Infortunée! m'é-
criai-je.

« — Point de pitié, mon ami, dit-
elle, en m'interrompant brusquement,
point de pitié, elle vous serait comptée
comme un crime; laissez-moi, ma perte
est assurée, ce serait vous compromettre inutilement; j'ai compris votre générosité; il n'est ni en votre pouvoir ni
au mien de changer la marche des événemens; laissons les destins s'accom-
plir; adieu, jeune homme, du courage,
la vie est une épreuve.

J'avais peine à abandonner cette
jeune héroïne à sa fatale destinée; je
me sentais disposé à porter un défi à
tous ses ennemis, mais que faire? qui
attaquer?

Je me rends à l'hôtel en roulant mille
projets dans ma tête. Alfred et Victor
m'y attendaient. Je leur conte ce que
j'ai vu et ce que j'ai fait; ils en sont

effrayés, ils m'assurent que je me suis
gravement compromis et que je ne puis
sans danger rester plus long-temps à
Fougères. « Eh bien ! Messieurs, je partirai, j'irai servir mon pays sur la frontière, et je ne vous dissimule pas que
ce genre d'occupation me conviendrait
bien mieux. Notre armée en Belgique
fait des prodiges de valeur. Fournissez-
moi le moyen d'aller m'adjoindre aux
braves de cette glorieuse armée. » Ce
projet fut accueilli, par acclamation.
Les préparatifs du départ sont bientôt
faits; il fut décidé que je ferais le
voyage militairement, le sac sur le dos;
Victor me remit, à cet effet, une feuille
de route et une lettre de recomman-
dation pour le général Dumouriez.

Je me souviens fort bien que j'avais
traversé sans fâcheux accident la plus

grande partie de la Bretagne; déjà j'a-
vais dépassé Mayenne d'une journée,
lorsque, le soir de la seconde, je fis la
rencontre, dans le plus beau chemin
du monde, au milieu d'une vaste plaine,
d'une vingtaine de mauvais garnemens,
vêtus et armés comme des brigands.
« Où vas-tu? me dit l'un d'eux, qui
paraissait le plus déterminé de la bande.

« — A la guerre, lui répondis-je,
sans hésiter.

« — A la guerre, eh bien! c'est de
ce côté qu'il faut aller, reprit-il en me
faisant faire volte face.

« — Non, parbleu; vos scènes
de brigandage m'épouvantent à tel
point...

« — De brigandage! qu'oses-tu dire,
malheureux?

« — La vérité, et je ne vois pas en quoi cela peut vous fâcher ?

« — Je vois l'ami, que tu n'es pas encore endurci dans le crime, et que nous pourrons parvenir à ta conversion; viens avec nous, viens combattre pour la bonne cause.

« — Il ne m'appartient pas de discuter le mérite d'aucune opinion politique; je vais où je vois de la gloire à recueillir; je me suis engagé dans le régiment d'Auvergne, laissez-moi continuer ma route.

« — Ne l'espère pas, tu viendras avec nous.

« — Jamais. »

A ces mots, mon grand escogriffe fit voler sur ma tête un sabre qu'il avait arraché avec une rapidité éton-

nante de dessous une espèce de man-
teau ; je n'avais point de temps à perdre ; je saisis le pistolet de Thérèse de
Moëlien , le coup partit, je vis tomber
le brigand. Je veux fuir, deux autres
me barrent le chemin , et tout-à-coup
un troisième m'assène par derrière un
coup de sabre qui me fait tomber, et je
m'évanouis...;

« Nous avons eu le bonheur d'arriver
à propos pour vous rendre quelques
services, me dit Amélie avec ce ton
d'amabilité qui lui était si naturel. Nous
vous dirons plus tard comment les choses se sont passées.

« — Très-bien, mon amie, reprit le
marquis, laissons à notre jeune conva-
lescent le repos qui lui est si nécessaire. » Ils sortirent, mais Zéphirette
resta.

« Silence, me dit-elle en s'appercevant
que j'allais parler, je me charge de
vous conter tout ce que M. le marquis
de Saint-Maxent a fait pour vous.
Lorsque nous nous trouvâmes sur la
route, continua Zéphirelte, les bandits
avaient disparu. M. de Saint-Maxent
voyant un homme blessé et renversé
par terre, fit arrêter sa voiture ; il vous
visita, remarqua que vous respiriez encore ; nous descendîmes : mon excellente maîtresse vous reconnut ; vous
savez combien elle est bonne et combien elle sait compatir aux peines des
autres ; vous concevez combien elle fut
affligée. Il paraît que le but des bandits
n'était pas de vous voler, car aucun de
vos vêtemens ne paraissait avoir été
dérangé. M. de Saint-Maxent, aidé du
postillon, vous porta dans sa voiture ;

votre tête reposait sur les genoux de la marquise.

« — O bonheur! que dites-vous?

« — Silence! Depuis dix jours vous êtes à C.... et voici le premier où vous paraissez jouir de quelque raison, encore Dieu sait si tout ce que vous m'avez dit jusqu'ici ne pouvait passer pour un peu de folie.

« — Adorable Zéphirette, près de vous qui ne perdrait la raison?

« — Lieux communs! Silence!

« — Sommes-nous bien loin de Paris?

« — Nous ne sommes qu'à peu de distance d'Alençon.

CHAPITRE VIII.

IL EST DES JOURS HEUREUX. — RETOUR A PARIS.

> « Si la sincérité dont es Français font usage
> « les uns envers les autres n'a point d'exception,
> « de même leur confiance réciproque est sans
> « bornes. Il ne faut ni éloquence pour se faire
> « écouter, ni probité pour se faire croire. Tout
> « est dit. Tout est reçu avec la même légèreté. »
>
> « Mad. DE GRAFFIGNY. Lettres Péruviennes. »

Grace aux bons soins de la jeune suivante, à ses beaux yeux, à son doux sourire, à nos tête-à-tête délicieux, je fus bientôt sur pied, peut-être serait-il juste de faire aussi entrer en ligne de compte les ordonnances du chirurgien

Dubois, les emplâtres de graine de lin
et les onguens de l'apothicaire de la
ville voisine ; mais l'amour avait eu la
plus grande part à ma guérison et ce fut
sans doute le moindre de ses miracles.
Il fait d'un clairvoyant un aveugle,
d'un sot un homme d'esprit, et plus
souvent encore d'un homme d'esprit un
sot. J'avais personnellement quelques
grâces à lui rendre et pourtant je pes-
tais contre lui. Envain je l'invoquais à
chaque instant de la journée, il ne me
fournissait aucun bon tour pour me
tirer avec honneur de mon engage-
ment avec la séduisante camériste.

Je n'avais plus rien à espérer de ma
ci-devant Amélie, elle était sous le
charme de ce que l'on a nommé si in-
génieusement la lune de miel : l'hymen
avait encore pour elle tout l'attrait de

la nouveauté; vainement j'avais essayé le pouvoir d'un regard, la marquise était d'une distraction désolante, elle ne me comprenait plus. A peine une légère pression de main , que je devais toujours au hasard, me donnait-elle l'espoir de quelque réminiscence; la caménriste, aussi légère que le dieu dont elle portait le nom, s'échappait de mes mains comme une ombre, et pourtant sa mine enjouée, ses agaceries promettaient quelque chose, et ce quelque chose semblait fuir chaque jour avec plus d'obstination; j'avoue que je me trouvais si mal entre l'indifférence et la coquetterie, qu'enfin j'avais pris la résolution de quitter la partie, lorsqu'un heureux événement combla du moins la moitié de mes vœux.

Nous jouissions des beaux jours de

floréal ; la nature jeune, fraîche, nous apparaissait avec tout l'éclat, toute la pompe d'une vierge qu'un heureux amant conduit à l'autel. Une partie champêtre fut décidée à l'unanimité pour solemniser gaiement le retour de la belle saison. Nous devions nous rendre à la ferme de Villeroche, faisant partie des domaines du marquis. Elle n'était éloignée du château que d'une demi-lieue au plus. Il avait été convenu que Zéphirette et moi prendraient l'avance pour commander le dîner à la ferme et en diriger les préparatifs ; nous partîmes, la camériste était sur son âne fidèle, moi je la suivais à pied.

Villeroche est placé sur une petite éminence ; d'un côté est le chemin qui conduit à la ferme en cotoyant une rivière ; de l'autre une prairie ; les deux

bords de la rivière qui sépare la ferme,
sont garnis de saules et de peupliers.
Maintenant, mon cher auditeur, vous
connaissez le terrain, suivez-nous pendant notre promenade romantique (1).

Vous me voyez très-empressé près de
l'aimable suivante: ma main va cherchant la sienne, de l'autre je m'efforce
de faire pencher sa tête charmante et
de lui ravir un baiser; on veut me fuir,
et la pauvre monture attrape, à ce jeu
qui nous plait tant, quelques coups et
des horions. Long-temps l'animal que
célébra Buffon supporta avec une patience exemplaire nos folies et nos in-

(1) Il ne faut pas oublier que c'est toujours à M. le
baron D..... que je raconte les aventures de ma vie, et
que j'ai prudemment envoyé ma fille au village, pour
ménager ses oreilles encore chastes.

justices; mais enfin, soit que l'amour et
la fortune l'eussent prédestiné à devenir
le moteur d'un grand événement, soit
que son naturel si doux et si patient,
poussé hors des gonds par les mauvais
traitemens, regimbât contre ses persé-
cuteurs; soit plutôt, et cette version me
semble la plus vraisemblable, que la
voix de ses confrères, concertant sur
l'autre rive, ait exercé sur ses sens la
même puissance harmonique que le
ranz des vaches exerce sur le cœur de
l'habitant de l'Helvétie éloigné du chalet
paternel, l'animal pacifique redressa
fièrement les oreilles, par un mouvement brusque frappa en même-temps la
terre d'un double coup retentissant, et
releva la croupe jusqu'à la hauteur de
ses deux longues oreilles, en étalant à
mes yeux les fers ronds et brillans dont

6 *

ses pieds de derrière étaient armés. Ce mouvement fit perdre l'équilibre à la jeune cavalière, et la contre épreuve la renversa sur le gazon.... Heureux événement! Le désordre de ses vêtemens, que sais-je encore!... La journée fut délicieuse!

J'étais heureux, Zéphirette m'adorait, madame de Saint-Maxent me témoignait la plus vive amitié, son mari me traitait avec bienveillance; tout autre à ma place n'aurait songé qu'à éterniser son bonheur. De plus nobles pensées occupaient mes esprits; né au temps des grands événemens, fier d'être Français, j'avais soif de la gloire : et moi aussi, me disais-je, j'ai des droits à la victoire; je suis dans l'âge de porter un mousquet, j'irai partager le succès de mes braves compatriotes : j'annonçai

donc à mes hôtes obligeans la résolution
que j'avais prise de rejoindre en Belgique le régiment d'Auvergne. Amélie
n'opposa aucune objection à ce projet;
au contraire, il paraissait lui plaire.
Nous étions alors au moment des nobles
sentimens et des grands sacrifices. Aimer
son pays était moins un devoir qu'un
besoin du cœur; l'enthousiasme avait
gagné jusqu'aux femmes; elles éveil-
laient le courage, et récompensaient
la valeur par un sourire, de douces paroles, et souvent des faveurs plus douces encore.

Ma résolution détermina les jeunes
époux à retourner à Paris. Nous partîmes, et le troisième jour après mon
arrivée, j'étais à la prison des Carmes.

6*.

CHAPITRE IX.

INTÉRIEUR D'UNE PRISON AU TEMPS DE LA TER-
REUR. — BEAUHARNAIS. — JOSÉPHINE. — SE-
COURS QUI VIENT À PROPOS. — L'AMI DE
ROBESPIERRE.

Summi sunt, homines tamen.
QUINTILIEN.
Ils sont grands et pourtant ils sont hommes.

In vitum dulcit culpæ fuga.
HORACE.

C'est la crainte d'un mal qui conduit dans un pire.
BOILEAU.

PRÉVENU d'être suspect. Accusation
de tendance, voilà le génie de l'esprit
de parti. Voilà ses premières découver-
tes; qu'il soit républicain ou absolu-
tiste; il lui appartient, il est dans sa
nature de dire et faire des sottises pour

étayer son système absurde et consacrer ses doctrines.

On m'avait arraché de l'hôtel de mes généreux amis, on m'avait conduit aux Carmes entre quatre brutes de mauvaise mine ; on m'avait écroué en disant : il est suspect. Je demande comment !... pourquoi ?... Vous êtes suspect, répétait-on, pour toute réponse. Forcé de me rendre à cette pressente logique, j'invoquais la patience, afin d'attendre, sans maudire les hommes, la société et la nature entière, qu'on m'expliquât un peu plus clairement ce que c'est qu'un suspect, et comment cette espèce à part est traitée dans une république.

Cependant ce ne fut pas tout mal pour moi d'être enfermé aux Carmes ; cette prison était alors l'un des lieux de retraite de la bonne compagnie et des gens de mérite. Là on se croyait encore dans le monde. Toutes les illusions de la mode, du plaisir et de l'ambition y étaient entrées avec ses nobles hôtes.

Le voisinage de l'échafaud paraissait n'être pas aperçu par ces malheureuses victimes qui avaient retenu toute la frivolité du règne qui venait de s'écouler, et qui considéraient avec une indifférence inconcevable la péripétie du drame de l'existence. Là je ne pris ni leçons de philosophie, ni leçons de stoïcisme ; là je n'appris point à mépriser la mort à la manière de Sénèque ; mais je parvins à me faire une idée exacte du monde. Je vis les individus à découvert ; ils n'étaient plus environnés de cet éclat qui fascine les yeux des hommes sans fortune. Il me fut enfin permis de les juger.

En quelles mains, juste ciel! placez-
vous les destins des nations? Ces gens
que l'on décore du titre de politiques,
de diplomates, de publicistes, ne m'ap-
paraissaient plus que comme des étourdis, des égoïstes, des amis du plaisir.
J'avais peine à reconnaître en eux ces
grands personnages qui présidaient naguères aux destinées de la France. O
hasard! que de brillantes réputations
vous avez faites.

Cependant il y aurait de l'injustice à
ranger sur la même ligne tous ceux qui
avaient brillé autrefois sur la scène des
affaires publiques et de la cour : il y
avait parmi mes compagnons d'infortune des hommes d'un rare et beau mérite, et personne n'a jamais contesté
celui du général Beauharnais.

Beauharnais avait épousé, en prenant

Joséphine Tascher de la Pagerie pour
femme, le plus parfait modèle des grâces ; cependant cette union ne fut pas
heureuse.

Des intrigues de famille , un peu de
légèreté du côté de la jeune épouse ; de
fortes inconséquences de la part du
mari , détruisirent toutes les espérances
du bonheur qu'une union bien assortie
promettait. Le principe de toute sagesse, l'adversité , rappela la concorde entre
les jeunes époux, sans rallumer les
flambeaux de l'hymen. L'excellente Joséphine partagea les peines de son mari. Il n'avait pas besoin d'être consolé ;
sa philosophie le mettait au-dessus des
malheurs attachés à l'espèce humaine.
Homme de bien et grand citoyen, il
souffrait avec patience et sans murmu-
rer. Pourquoi une fausse honte les em-

péchait - elle de répéter les scènes de tendresse et de délices du premier temps de leurs amours ?

Je ne vis jamais Joséphine désespérer de la fortune. Il y avait au fond de son cœur une source d'espérance qui ne tarissait pas. Joséphine était femme dans toute l'acception du mot ; elle croyait bonnement, fermement et de la meilleure foi du monde, aux prophéties, à la prédestination, et que sais-je à quoi encore ? Elle répétait souvent, mais toujours en protestant qu'elle n'en croyait pas un mot, et qu'elle n'admettait jamais que ce que la raison a clairement démontré pouvoir être, elle répétait souvent, dis-je, qu'une vieille négresse qui jouissait dans son pays d'une réputation immense, comme prophétesse et habile

à prédire la bonne ou mauvaise fortune, lui avait annoncé de hautes destinées; il ne s'agissait de rien moins
que d'être un jour reine d'un grand
empire; et comme Agnès Sorel, elle
s'efforçait d'éveiller au cœur de celui
qu'elle aimait, le génie de l'ambition.

Je voyais souvent les jeunes époux,
ils me traitaient absolument comme
un égal. On sait qu'au sein même des
grandeurs, Joséphine fut toujours d'un
abord facile. Au reste, l'adversité rap-
proche singulièrement la distance, je
crois que Figaro dit *le besoin* : l'adversité ou le besoin, l'un vaut l'autre.

Je ne me rappelle pas sans plaisir le
temps que j'ai passé en prison parmi
des artistes, des hommes de lettres, et
des gens auxquels la fortune avait prêté
un certain mérite dans le monde. Je

n'écrivis point à ma mère, mais on devine la main bienfaisante qui répandit l'aisance jusque sous les verroux.

J'avais presque appris à vivre en prison, lorsqu'un soir, sans autre préliminaire, je fus entraîné vers le tribunal que dirigeait Fouquier-Tinville. Ici, je vous avoue, car je sens combien il serait ridicule de faire le brave, et d'afficher un stoïcisme dont je suis incapable, je vous avoue qu'au souvenir de cette épouvantable aventure, mon cœur palpite encore avec violence. Il a sans doute conservé quelque reste de la frayeur que j'éprouvai alors.

Je ne vis rien ; je ne vous dirai pas quelle figure avait le président des assassins, je ne vis rien ; je ne remarquai qu'une seule circonstance : on m'avait demandé mon nom et prénom, j'avais

7.

répondu d'une voix mal assurée, j'i-
gnore si je fus compris : un homme
s'approche de l'oreille du président, il
avait quelques traits de Lambert ; il
parlait avec chaleur , il écoutait avec
complaisance, tout-à-coup le tribunal
déclare qu'il est sursis au jugement,
et moi chétif, je suis renvoyé en prison.

Mon retour aux Carmes fut un événement presque sans exemple et tenant
du miracle. Un sursis à un jugement!
Une remise! des lenteurs! mes compagnons d'infortune en étaient stupéfaits.
La guillotine était-elle donc renversée?

Le lendemain une lettre vint éclairer
ce mystère. Je l'ai relue si souvent
que je puis vous la rapporter toute
entière, sans en changer une seule expression.

« Jeune homme, m'écrivait-on , un

« hasard fort singulier et très-heureux
« pour vous, m'a conduit hier à ce
« tribunal qui, chaque jonr, donne à
« la patrie de nouveaux gages de son
« dévouement. Je vous vis paraître, et
« je vous reconnus.

« Vous vous êtes gravement com-
« promis : votre étourdérie avantureuse,
« selon votre louable habitude, vous
« a mis en relation avec des gens que
« vous ne deviez point connaître. J'ai
« eu besoin de toute l'indulgence de
« mes amis et de toute l'amitié que je
« vous conserve pour me persuader et
« persuader aux autres que vous ne
« pouviez avoir contre l'État des pr o-
« jets coupables.

« Il était difficile cependant de prou-
« ver que votre entrevue avec Thérès e
« de Moëlien n'avait rien de relatif aux

« affaires politiques : vos signaux d'in-
« telligence, vos adieux, tout cela était
« si positif que l'on aurait pu croire
« impossible d'y répondre avec succès.
« Je l'ai fait cependant sans m'écarter
« de la vérité ; je vous ai peint tel que
« vous êtes ; jeune, d'un caractère ro-
« manesque, incapable de concevoir
« et de conduire toute autre intrigue
« qu'une intrigue d'amour, et j'attri-
« buai toutes vos démarches à ce dé-
« plorable sentiment. J'ai triomphé,
« non par la force des argumens; mais
« par la connaissance que l'on a de
« mon caractère et de mon patriotis-
« me. J'ai déclaré positivement quel
« lien vous attachait à moi, et le con-
« seil des sages a prononcé votre abso-
« lution, par la seule raison qu'un être·
« qui tient de si près à l'ami du ver-

« tueux Robespierre, n'avait pu oublier
« ce qu'il devait à la patrie.

  « Vous êtes libre : je vous invite à
« faire un bon usage de la liberté ; je
« ne vous engage point à venir chez
« moi, je ne pourrais vous y recevoir,
« les affaires publiques absorbent tout
« mon temps ; mais passez chez mon
« notaire, rue Montmartre, il vous re-
« mettra mille écus, c'est tout ce que
« j'ai à ma disposition maintenant.
« LAMBERT. »

  Cette lettre était de mon père, une
seconde fois je lui devais la vie ; mais
était-ce là le style d'un père ? quelle
froideur ! il m'aime encore, je n'en puis
douter. C'est à sa tendresse que je dois
d'échapper à la mort. Mais avec quelle
hauteur il m'accorde sa protection ! Il
ne veut pas me recevoir chez lui. Si je

parviens à découvrir son adresse, je braverai sa défense...., j'irai chez son notaire..., peut-être...

Je me hatai de prendre congé des nobles hôtes de la prison des Carmes, et principalement du général Beauharnais.

Je le revis comme je l'avais toujours vu ; calme, plein de philosophie et de raison, souffrant avec patience et sans se plaindre de la révolution, il prévoyait le sort que lui preparaient ses assassins avec un sang-froid vraiment héroïque.

« Nous avons posé des principes, me dit-il au moment de nous quitter, et nous en supportons les conséquences ; ce n'est cependant que par l'abus le plus détestable que l'on est parvenu à en établir de pareilles; nos principes

étaient des principes de vie, de sécuri-
té et de justice ; la peur a tout gâté.
Ceux qui se disent amis de la monarchie, ont fui à l'aspect du danger, le
mal est devenu plus grand par leur dé-
fection. Un bien petit nombre des hommes honnêtes reste défenseur des saines
doctrines, les intrigans ont contre nous
les avantages du nombre et de l'audace, de cette audace du crime qui a pris
pour devise ce vers de Virgile :

« Olus an virtus quis in hoste requirat.

«Nous devions nous attendre à éprouver quelques échecs, mais notre espoir
est dans la force du temps et de la
raison. L'erreur ne fascine les yeux de
l'homme qu'un moment ; l'empire du
crime s'écroule et la vérité reprend sa
place dans le cœur des humains.

« Des temps meilleurs viendront ; si j'en crois mes malheureux pressentimens, je ne les verrai pas , mais n'importe, mon sang et celui de tant d'honnêtes gens n'aura pas été versé inutilement. Un jour les souvenirs de ces actes de barbarie et de ces temps d'orage serviront de leçon et de préservatif contre les excès, et je pronostique hardiment que nous sommes les dernières victimes que l'ignorance populaire aura abandonnés à la fureur du crime. »

Avec quel respect j'inclinai la tête devant le grand citoyen ; il me présenta la main , j'y imprimai mes lèvres par un mouvement rapide. Elle était là, cette presque divinité qui fut par la suite l'Egérie d'un grand homme, le charme d'une cour brillante, le génie bienfaisant des infortunés; cette adorable Joséphine que je ne devais plus revoir qu'une couronne sur la tête, aux jours d'apparat et de fêtes nationales.

CHAPITRE X.

VISITE A MADAME HELVÉTIUS. — L'AUTEUR DE PAUL ET VIRGINIE. — M. ET MADAME DE SAINT-MAXENT AU CHATEAU DE LA BRULERIE — ASPECT DE LA CAMPAGNE.

« Si tu conçois l'espoir d'être utile aux humains ,
« Parle aux fers des tyrans, cours présenter tes mains.
« Parle, c'est ton devoir, philosophe à quel titre ,
« Du bonheur des mortels te rendrais tu l'arbitre ?
« C DELAVIGNE , épître à MM. de l'Académie. »

APRÈS ma sortie de prison , ma première visite était de droit à mes protecteurs, je n'y manquai pas. Ils m'accueillirent avec leur bienveillance accoutumée. Pressé par les plus vives instances, il fallut reprendre l'appartement que j'occupais avant mon arrestation.

Ma seconde visite fut au notaire de la rue Montmartre ; il me remit les trois mille francs, mais il refusa de me donner l'adresse de Lambert, en m'assurant qu'il ne la connaissait pas.

De retour à l'hôtel, j'annonçai positivement ma résolution de me rendre en Belgique ; cette fois Amélie n'approuva pas ce projet. « Vous avez tout le temps possible d'aller vous battre, me disait-elle, les ennemis ne manqueront pas de si-tôt à la France, ainsi rien ne presse, vous avez besoin de repos, le séjour des prisons ne vous a pas été favorable ; vous êtes d'une maigreur à effrayer ; votre blessure vous fait encore souffrir ; qu'iriez-vous faire à l'armée ? Il serait pénible de débuter par un séjour à l'ambulance. Mon ami, il serait plus sage d'attendre encore,

de nous suivre à la campagne : venez
jouir des beaux jours et renouveler vos
forces par un exercice modéré et l'usage d'une nourriture agréable et saine;
venez mon ami , venez boire du lait de
nos vaches , disons adieu à la capitale,
à ses horreurs. Avant minuit nous serons à D.... ; vous ne connaissez pas ce
village, c'est un pays à voir , oui monsieur, un pays à voir , faites-moi grâce
des objections , je veux absolument
vous faire faire connaissance avec une
foule de jolies villageoises , de bon gré
ou de force vous viendrez avec nous ;
vous y viendrez , je suis impatiente de
jouir de votre surprise à la vue de nos
délicieux paysages et de mon élégant
castel, dont la liberté a fait tomber les
remparts et les tourelles. »

Ce petit discours ne fut pas prononcé tout d'une haleine; vous avez pu remarquer à la progression des raisonnemens que quelques objections lui furent opposées; elles ne sont pas de nature à vous intéresser et je les passe sous silence. Au reste elles ne serviraient qu'au triomphe de la logique de l'aimable orateur, et je cédai en répétant ce joli vers du roi chansonnier Thibault :

Amour le veut et ma dame m'en prie !...

A quatre heures, le lendemain, nous arrivâmes à Auteuil, Amélie et moi; le marquis était retenu à Paris pour une affaire d'intérêts; nous ne trouvâmes que ma mère : ce fut un heureux incident pour elle, rien ne s'opposait à l'effusion de sa tendresse. Qu'elle était joyeuse de me revoir! Avec quel or-

gueil maternel elle me contemplait des
pieds à la tête! Les mois lui avaient
paru des années. J'étais plus grand disait-elle, ma figure avait gagné une expression remarquable ; elle doutait même que je fusse son fils , tant ma tournure et ma physionomie lui paraissaient
imposantes et nobles. Bonne mère ! Je
savais tout cela, Zéphirette m'en avait
dit quelque chose et pourtant je n'en
étais pas plus fier ; ce sont de ces avantages dont on ne peut pas plus se van-
ter que de sa naissance. Il en coûte autant pour être joli garçon que pour arriver au monde avec ce beau , et bientôt ce vain privilège, que l'on appelle la
noblesse. Bonne Charlotte , vous avez
répandu des larmes sur ma blessure !
Que de larmes nous vous avons épar-
gnées en vous cachant les dangers que

ces maudits Bretons m'ont fait courir! Amélie vous parut alors le bon ange de vôtre fils, le génie qui présidait à ses destinées, vos actions de grâces, vos remercîmens arrivèrent à son cœur; il fut ému! Ses larmes se mêlèrent aux votre, et je crois que j'en versai aussi, pour la première fois, depuis que j'étais entré dans l'âge heureux de l'adolescence.

Nous vîmes bientôt arriver madame Helvétius, accompagnée d'un homme dont la physionomie et les manières prévenaient agréablement. Sa figure exprimait la bonté, le son de sa voix allait jusqu'au cœur; c'était Bernardin de Saint-Pierre.

J'ai lu avec peine dans le *Mémorial de Sainte-Hélène* que Napoléon, n'avait pas une bonne opinion du caractère

7*

de l'auteur de Paul et Virginie. N'en déplaise au grand homme, dont je suis l'un des plus ardens admirateurs, j'aime à penser, et je suis moralement convaincu que le héros ne rendait pas à l'écrivain la justice qu'il méritait. M. Bernardin de Saint-Pierre ne pouvait être égoïste vil, et prêt à recevoir la charité comme un mendiant, de qui voulait la lui donner : il y a ici quelque quiproquo, ou bien il entrait dans les vues du politique de jeter une teinte de ridicule sur la philosophie. Napoléon eut le tort de ne pas apprécier à leur juste valeur les hommes de lettres; toutefois sa mauvaise humeur s'explique; le philosophe ne flatte guère le conquérant, il n'est à ses yeux qu'un auguste fou ou un barbare, et la guerre ne peut être pour lui qu'un délire ou une atrocité : le grand homme était un conquérant, et pour complément un despote qui ne s'arrangeait nullement des idées de liberté et de raison qui germent si facilement dans les têtes studieuses et contemplatives.

— La sagesse et la bienfaisance (c'est sous ces noms réunis que nous désignâmes toute la journée Bernardin de Saint-Pierre et madame Helvétius) étaient allés visiter la chaumière du pauvre, où ils avaient laissé secours et consolations. Nous dînâmes fort gaiement tous ensemble, sans en excepter ma mère qui, je crois l'avoir dit, vivait avec madame Helvétius sur le pied de la plus intime amitié. M. de Saint-Pierre fut aimable. Il avait beaucoup voyagé, beaucoup vu, beaucoup appris, et souvent, dans ses voyages, il s'était

7*.

trouvé le héros d'aventures très-roma-
nesques; il nous cita, à ce sujet, une
anecdote qui mérite d'être rapportée :

« Lorsque j'étais ingénieur à l'île de
France, nous dit M. de Saint-Pierre,
j'allais quelquefois chez une espèce de
virago, veuve d'un planteur, dont le
caractère dur et grossier se peignait
tout entier sur une figure désagréable
et dans des manières repoussantes.

« Je m'étais porté à moi-même une
sorte de défi de ramener, ou d'amener
plutôt aux sentimens de l'humanité ce
sauvage femelle, persécutrice de ses
esclaves.

« En vain j'avais appelé à mon secours
la religion et la morale; l'une ne lui
avait jamais été représentée sous les
traits de la douceur et de l'humanité;
elle l'avait vue souvent au contraire

sanctionner des actes de persécution et d'intolérance; l'autre lui était tout-à-fait inconnue ; enfin, c'était une éducation à faire. L'écolière avait vieilli dans la pratique de la méchanceté, pourtant j'avais obtenu quelques concessions en faveur des malheureux esclaves, de ce caractère jusqu'alors intraitable.

« Un jour que j'étais allé dans la soirée à l'habitation de la *virago*, je fus témoin d'une scène bien affligeante.

« Dans la cour, à peu de distance de la porte d'entrée de la maison, une jeune négresse était attachée à un poteau ; la *virago*, une corde à la main, se disposait à frapper sa malheureuse esclave, lorsque je parus.

« La jeune fille fondait en larmes ; sa figure, quoique noire, était régulière et belle, elle n'avait aucune de ces difformités qui caractérisent la physionomie des Africains. Ses formes auraient pu passer pour des modèles de perfection. Tout ému, je précipitai mes pas vers le lieu du supplice ; mon arrivée suspendit l'exécution, et je m'emparai de la veuve du planteur, résolu à ne point lui laisser consommer son acte de barbarie. Je savais déjà, par une désolante expérience, que la morale et la religion n'exerçaient aucun empire sur le cœur de l'Africainé, et pourtant j'essayai encore, mais sans espoir du succès, de l'attaquer une dernière fois avec les armes de la raison. Elle répondit par ces lieux communs employés si souvent par l'orgueil et l'avarice, pour justifier ce système barbare qui a établi l'esclavage, au mépris des droits de l'humanité et des maximes du christianisme; il ne me restait aucun moyen de soustraire au bras de la mégère la malheureuse victime, lorsqu'une circonstance, dont je n'avais pas prévu tout l'avantage, vint me découvrir le côté attaquable.

« Le temps avait été à l'orage tout l'après-midi; des nuages sombres nous dérobaient le ciel, et déjà, à mon arrivée, la foudre grondait dans le lointain. Tout-à-coup, elle éclate sur nos têtes avec fureur; la *virago* pâlit; la corde lui tomba des mains.

« Eh bien! lui dis-je, il semble que le ciel se déclare pour nous; il est le protecteur des malheureux, le défenseur des opprimés, gardez-vous..... Je n'eus pas le temps d'en dire davantage...., la foudre était tombée à quelques pas de la veuve du planteur, qui s'écria d'une voix altérée, et en tombant le visage contre terre : pardonne!

« Le tonnerre cessa de gronder, mais la pluie tombait toujours par tor-rens, les chemins étaient impraticables pendant une nuit orageuse. Cédant aux instances de la dame et de ses jeunes enfans, qui avaient conçu pour moi une affection toute particulière, je consentis à passer la nuit à l'habita-tion.

« Mesdames, comment vous conter ce qui me reste à vous dire ? Je couchai dans une chambre située dans le seul étage de la case ; on sait qu'en ces pays les maisons ne brillent ni par l'exté-rieur, ni par la distribution des appar-temens, et ces appartemens ferment ordinairement assez mal. Je m'endor-

mais, lorsque j'entendis doucement ou-
vrir ma porte : un pied léger se dirigeait
vers mon lit; je sens une bouche fraîche se poser sur la mienne, et des bras
arrondis m'enlacer par une amoureuse
étreinte. »

« — C'est délicieux! s'écria Amélie!
Etait-ce la virago?

« — Non pas reprit M. de Saint-
Pierre, mais bien sa jeune victime.

« — L'admirable aventure, reprit
encore Amélie!

« — Cette bonne fortune, sans doute,
en valait bien une autre; mais je n'en
profitai pas, et je vous jure que ma
continence ne fut pas moins honorable
que celle des Scipion et des Bayards.

« — Moi, me dit-elle, n'avoir pas
d'autres moyens de vous prouver que
moi être bien reconnaissante.

« — Délicieux! reprit Amélie, j'aurais bien voulu connaître cette jeune fille.

« — C'était plaisir et bonne action, dis-je, à l'auteur de Paul et Virginie, on conçoit qu'en vous voyant, il ne puisse venir à l'esprit de toute jeune fille, devenue votre obligée, un moyen plus naturel d'acquitter la dette de sa reconnaissance.

— Très-bien, dit à son tour, la bonne madame Helvetius; mais il me semble, mon cher philosophe, ajouta-t-elle, en s'adressant à Bernardin de Saint-Pierre, que vous avez omis dans votre récit une circonstance qu'il nous importe de connaître: vous dites, et ce que nous savons des mœurs des colonies, ne nous permet pas d'en douter, vous dites que les maîtres exercent sur

leurs esclaves un empire brutal et fé-
roce; nous admettons sans contesta-
tion que ces esclaves sont souvent des
opprimés; mais est-il sans exemple que
quelques-uns d'eux se soient rendus
coupables de mauvaises actions? Vous
avez omis de nous faire connaître, mon
cher philosophe, la cause ou le prétexte
de la punition de la jolie et reconnaissante négresse, si tant est qu'il existe
une cause, je la suppose fort légère,
mais encore faut-il la savoir.

« — Rien de plus juste et de plus facile, cette cause était vraiment si légère que j'avais négligé d'en parler,.
reprit M. de Saint-Pierre.

« — Madame Alexis (c'était le nom
de la veuve du planteur) avait des fleurs
dans un vase placé sur un meuble de sa
chambre. La négresse les aimait comme

8.

toutes les jeunes personnes de son sexe...
elle prit un œillet...—N'achevez pas...
Quelle horreur!... ô les maudites, ô les
vilaines gens que ces planteurs! .. Il en
est pourtant qui font leur éloge ;
ils mériteraient d'être leurs esclaves!!!
Donnez-moi la main, mon cher philosophe, reprit madame Helvétius, et
passons dans le salon. »

Le lendemain matin, ainsi que cela
avait été convenu, nous nous mîmes
en route, le marquis, son épouse, Zéphirette et moi.

La route de Paris à Montargis offre
des points de vue et des accidens de
terrain fort agréables et très-variés. La
forêt de Fontainebleau est riche en
beautés sauvages bien dignes de l'attention des naturalistes et du voyageur;
son aspect a je ne sais quoi d'imposant

qui inspire le respect et dispose à la mé-
lancolie. A Nemours le paysage prend
des formes nouvelles, une teinte plus
champêtre; on est là véritablement à
la campagne; là, règne la nature sans
opposition; on n'aperçoit que de loin
en loin ce beau de convention qui appartient au génie des hommes.

Avant six heures, nous arrivâmes à
Montargis, ville vieille, mal bâtie, qui
s'écroulera, un jour, sans même avoir
été attaquée par quelques trompettes
hébraïques d'un moderne Josué.

J'ai fait depuis souvent le trajet de
Montargis à D......., mes affaires m'y
appèlent encore quelque fois. Six lieues
de chemin entre deux chaînes de montagnes couvertes de bois, de vignes et
parsemées de chaumières, de maisons
de campagne et de vieux châteaux, of-

frent un tableau enchanteur; ce paysage possédait à un haut dégré, le ton
vaporeux et vague; on est, pour ainsi
dire, dans la nécessité de se tâter, et
de se demander si ce ne serait pas là
l'effet d'un songe ou d'une illusion ma-
gique.

Nous mîmes pied à terre fort tard au
château de la Brulerie.

CHAPITRE XI.

INTERRUPTION INÉVITABLE. — CONVERSATION FA-MILIÈRE AVEC M. LE BARON D...

> Le vrai peut quelquefois n'être pas vraisemblable.
>
> BOILEAU.

JUSQUES ici, me dit, en saisissant la pincette pour ranimer le feu presque éteint de notre foyer, le personnage dont j'ai parlé au premier chapitre, je vous ai écouté avec l'impassibilité d'un auditoire de cour d'assises, sans me permettre aucune démonstration, ni de critique, ni d'approbation; je me dispose, mon ami, à vous accorder dans la suite la même attention, parce

que votre histoire m'intéresse, mais
permettez-moi d'interrompre votre récit en cet endroit par quelques obser-
vations.

Je suis persuadé que tout ce que
vous nous contez vous est arrivé. Je
connais votre véracité. Mais là, en
bonne conscience, la main sur le cœur,
confessez que vos aventures sont dia-
blement bizares, et sans être pyrrho-
nien, si l'on ne connaissait pas toute la
probité du narrateur, on se sentirait
tant soit peu disposé à classer vos Mémoires dans la foule des contes que l'on
pare de ce nom. Je vous passe votre
rencontre avec Thérèse de Moëlien,
qui cependant n'est guère motivée;
mais ne croyez pas que j'admette aussi
facilement votre réunion à la marquise
de Saint-Maxent : on peut être assailli par

des brigands, c'est une des aventures communes de la vie ; mais être secouru si à propos par ses premières amours, oh ! c'est d'un merveilleux qui appartient à un autre siècle.

« — J'ai prévu cette objection.

« — La prévoir ce n'est pas y répondre.

« — Monsieur le baron, si les détails de ma vie n'eussent dû vous offrir qu'une répétition de scènes monotones, je me serais dispensé de vous entretenir avec quelque étendue d'un pareil sujet. Ces circonstances, monsieur le baron, qui vous paraissent presque invraisemblables, sont précisément les élémens d'intérêt du récit de ma vie. Au reste, je n'ai point de motif pour faire passer un roman pour une histoire, ou une histoire pour un roman :

il importe à fort peu de personnes que les faits que je raconte soient vrais ou faux.

« — Je le crois comme vous, monsieur Alexis, reprit le baron, et je vous demande pardon de mes doutes. Au reste, quand j'y réfléchis bien, j'ai quelque idée que cela tient à la manière de présenter les objets. Vous brusquez tous les événemens : par exemple, votre rencontre avec le chanteur sur la route de Beauvais et les faits qui en résultent, n'ont pas le sens commun. Quel homme, passe encore, vous n'étiez qu'un enfant, mais quelle femme élevée à la campagne dans des habitudes timides, pourrait se déterminer aussi facilement que vous le faites faire à votre mère, à se montrer en public et à vendre des chansons?

« — Monsieur le baron, vous pêchez
ici contre la reconnaissance; vous m'en
deviez, et vous m'en deviez beaucoup
pour vous avoir épargné des détails
minutieux et fatigans. Il va sans dire
que ma mère ne se rendit qu'après de
longs débats; mais ces débats de quel
intérêt seraient-ils pour vous? Il n'est
permis d'être d'une prolixité accablante qu'aux comtesses qui écrivent
leurs Mémoires, et qui, à quatre-vingts
ans, trouvent encore plaisir à parler
d'elles, et profit à faire débiter par un
libraire des balivernes que tout le monde achète, trompé par un nom qui n'est
pas sans célébrité; permis encore aux
romanciers anglais d'assommer de détails le lecteur infatigable. En Angleterre, tout est peinture de mœurs : la
nation entière a le plus grand intérêt à

savoir comment un puritain d'Écosse
attachait sa ceinture ou mettait son
honnet de nuit.

« —Silence, profane, s'écrie le baron,
respect au grand homme !

« — De qui parlez-vous ?

« —De l'immortel Walter-Scott; cela
peut-il s'entendre autrement ?

« —Oui vraiment, cette épithète de
grand homme me rappelait que le génie
romantique a fort peu ménagé certain
immortel qu'il ne connaissait que par
les mauvais propos des sots ou des
commères, mais que le peuple français
connaît d'une toute autre manière.

« — Que je vous aime, mon ami, dit
le baron en me serrant la main, vous
lui rendez justice, vous pouvez désormais poursuivre votre histoire sans
craindre d'être interrompu. Si je vous

ai bien compris, vous voilà installé
avec votre aimable protectrice dans le
château qui m'appartient aujourd'hui.
Continuez, mon ami, n'épargnez aucun
détail, parlez-moi de ce pays comme
s'il m'était inconnu : j'aime les descrip-
tions des lieux que j'ai parcourus : il
semble que l'on s'y promène encore.

« — Vous m'accordez donc carte
blanche pour les invraisemblances ?

« — J'abjure le système des contes-
tations. Poursuivez.

CHAPITRE XII.

LE CHÂTEAU DE LA BRULERIE. — LE VIEUX MA-
NOIR DES ANCIENS SEIGNEURS DU VILLAGE.
— SIDONIE. — C'ÉTAIT UN JÉSUITE. — PRO-
JETS DE MARIAGE.

Contentement passe richessse.
Vieille ariette.

PROPOSEZ à quelque petit freluquet,
qui hier encore habitait un village, de
se fixer à la campagne, il vous répon-
dra avec légèreté :

On ne vit qu'à Paris, et l'on végète ailleurs.

Dans la bouche de tout autre, cette
citation ne serait qu'une boutade plai-

sante ; mais un sourire dédaigneux qui
accompagne ces paroles, leur sert de
commentaire et semble dire :

« Peut-on vivre à la campagne ?.......
« C'est un séjour détestable : à qui
« parler ? On n'y rencontre que des
« hommes grossiers et ridicules ; et les
« femmes... fi donc !... point de grâces...
« Ah ! vivre à la campagne, est une
« véritable calamité ! »

Mais si notre important est possédé
du démon de la métromanie, alors vous
le verrez changer de ton , et louer dans
ses faibles vers ce qu'il blâme dans sa
prose diffuse :

> « Solitude de la nature,
> « O réduit humble du pasteur,
> « Charmante fleur, douce verdure,
> « Vous suffirez à mon bonheur. »

Eh bien ! nos campagnes ne méritent ni cet excès d'honneur, ni cet excès de mépris, et notre important n'est pas plus équitable en vers qu'en prose.

C'est quelque chose qu'un joli paysage : c'est beaucoup qu'une jeune fille naïve et sage : enfin, c'est une bonne fortune qu'une société de gens honnêtes, probes et vertueux. Tout cela se trouve quelquefois à la campagne, et plus rarement peut-être à la ville.

Dès le lendemain de notre arrivée à La Brulerie, je visitai cette propriété et ses environs dans le plus grand détail.

La Brulerie est une maison de campagne dans la forme de celles qui environnent Paris ; elle est placée au sommet d'une colline ; sa façade est au midi, et de ce côté la colline est couverte de ceps de vigne : au nord est un joli

bois percé de toutes parts de belles allées.
A quelques cents pas dans la vallée est le
village de D.... Il n'a rien de remarquable que sa position et le voisinage
d'une prairie fort étendue. A un quart
de lieue de ce village, à l'opposé de La
Brulerie, plus près encore de la prairie,
est un vieux château qui surgit à la vue
du voyageur avec tout le cortége de la
féodalité ; murs, tourelles, fossés, ma-
chicoulis, pont - levis, etc.; c'était la
demeure des anciens seigneurs. Le dernier avait émigré, sa femme était morte
à la fleur de l'âge. Il ne restait de cette
famille qui a joué un grand rôle dans
le pays, qu'une jeune fille de dix-sept
à dix-huit ans et un garçon moins âgé.
Tous deux habitaient le château, sous
la surveillance d'un tuteur ; ce tuteur
était le vrai pendant du pauvre homme

8*

de Molière; en amour cependant il fut plus heureux.

Attaché autrefois à la toilette de madame de Merel, femme du seigneur émigré, ce fut d'abord un petit abbé mignon; il devint, par suite, le précepteur de ses deux enfans. Figurez - vous un homme de plus de quarante ans, le maintien équivoque, paraissant incertain entre la dévotion et la galanterie; un œil lascif et l'autre prude, parlant avec componction, toussant avec méthode; prêt à jeter le froc aux orties, mais retenu par je ne sais quels calculs d'intérêt; souriant à sa jeune élève, et la moralisant sans cesse.

Sidonie n'était pas une beauté, mais elle avait de grands yeux bleus, une peau extrêmement blanche, des cheveux d'un très-beau blond, un sourire plein de douceur. On ne l'adorait pas, mais on pouvait l'aimer et l'aimer tendrement.

Son frère portait une de ces figures ouvertes et franches qui semblent dire : si jamais je suis votre ami, comptez sur moi à la vie et à la mort. Le frère et la sœur étaient de la connaissance de mes nobles hôtes ; les relations entre nous devinrent fréquentes. Le jeune de Merel et moi nous nous entendîmes à la première vue, et le lendemain nous étions d'anciens amis. Amélie vit cette alliance avec plaisir ; elle en méditait une autre, et me préparait bien des peines.

Un soir, à mon retour du vieux manoir, j'eus avec Amélie la conversation suivante :

8*.

« — Alexis, comment trouvez-vous Sidonie?

« — Elle a d'assez beaux yeux, pour des yeux de province.

« — Trève de plaisanteries, répondez-moi avec un peu de bon sens, si vous en êtes capable.

« — Ne vous fâchez pas, ma belle protectrice, je vous répondrai maintenant en vile prose; j'aime beaucoup les yeux bleus, j'adore les yeux noirs (les yeux de la marquise sont de cette couleur); ils expriment la tendresse avec trop d'expression peut-être. Je parle des yeux de l'héritière des anciens seigneurs. Quoi! vous vous fâchez encore; quels regards sévères! Eh bien! je dirai du mal des yeux noirs.

« — Que vous choisissez mal votre temps, mon cher Alexis; soyez donc raisonnable, il s'agit de choses sérieuses et bien sérieuses!... » Puis un soupir..., on dirait..., le repentir..., oh ! pas encore...

« — J'écoute, madame, avec toute l'attention dont je suis capable.

« — Sidonie est bien, très-bien; je lui crois des mœurs; elle a de l'usage, un bon ton, entend quelque chose en musique; je la crois susceptible de faire le bonheur d'un mari.

« — Je le crois comme vous, mais...

« — Achevez... que voulez-vous dire?

« — O mon Dieu! rien, une idée bizarre.

« — Parlez donc : il a juré de me désespérer.

« — Vous le voulez, eh bien! c'est un jésuite

» — Un jésuite, qui donc? s'agit-il de Sidonie?

« — Non, vraiment, mais du maudit abbé à moitié défroqué.

« — Qu'a de commun cet abbé avec les qualités que je crois reconnaître dans ma jeune amie?

« — Elle est son élève, madame, et Dieu sait quel parti les jésuites tirent de leurs élèves ! -

« — Vous êtes un sot, monsieur Alexis, vous ne savez ce que vous dites, il n'existe entre Sidonie et l'abbé F... que les rapports qui doivent exister entre un tuteur et sa pupille; Sidonie fera le bonheur d'un mari : or, voici ce que j'ai résolu :

« Il faut à ma jeune amie un mari roturier, qui la protégera de son nom, contre un gouvernement qui s'est dé-

claré l'ennemi de la noblesse et des ti-
tres ; son père est mort civilement, on
cherche à nuire à cette jeune personne,
on la guette, une parole, la circonstance la plus indifférente peut la perdre ; ils le savent... Vous, vous n'êtes
point riche, mon cher Alexis, il vous
faut une femme qui vous apporte une dot.

« — Y pensez-vous, le fils d'un in-
digne magister de village, devenir le
gendre d'un haut et puissant seigneur,
et de plus, posséder un château.

« — Interruption bien motivée : me
croyez-vous dupe de cette ironique
modestie ; messieurs du peuple, vous
régnez maintenant, profitez de cette
chance de fortune, elle sera de courte
durée ; j'en ai pour garant la mauvaise
organisation du cerveau des humains.

« Sidonie sera votre femme, j'ai son-

dé son cœur, il vous appartient tout
entier. Le jeune de Merel est votre ami;
il a, du reste, une dose de bon sens
suffisante pour comprendre le danger
de leur position et l'avantage d'une
telle alliance. Il ne vous reste plus que
le tuteur à décider; c'est l'affaire de
M. de St.-Maxent.

« — Vous allez vite en besogne.

« — L'occasion ne se présente qu'une
fois, et la fortune est femme, donc
capricieuse et légère; il faut profiter
du moment. Je veux assurer votre avenir : je n'aurai pas été en vain votre
protectrice.

« Demain, vous ferez une toilette,
vous viendrez au château avec nous:
tandis que M. de St.-Maxent attaquera le
tuteur, vous ferez votre petit compli-
ment à la pupille, il sera, je vous l'as-

sure, fort bien reçu : soyez aussi aimable qu'auprès de Zéphirette.

« — Oh! vous m'y faites penser, Zéphirette!... Zéphirette, en vérité...

« — Silence! je ne dis pas tout ce
que je sais... vous m'avez entendue.

« — Belle, excellente protectrice,
toujours occupée de mon bonheur;
comment reconnaître jamais?...

« — En rendant heureuse Sidonie. »
Elle triomphait ...... Faire un mariage!
ô la jolie chose! il faut être bien
raisonnable pour remplir une telle
mission, et la marquise n'avait que
dix-neuf ans... Tirer du néant un jeune
homme de rien, le fils d'un misérable
maître d'école, en faire quelqu'un, un
personnage....c'est délicieux!... cet événement fera du bruit dans le monde...
C'est une idée sublime!... Il faut vrai-

ment être née pour les grandes choses, pour en faire de semblables. Ainsi raisonnait le petit amour-propre de la marquise.

CHAPITRE XIII.

ENTREVUE. — DÉCLARATION D'AMOUR. — LA
ROMANCE. — JE SUIS DÉCIDÉ, JE ME MARIE.
— LA LUNE DE MIEL.

Quis vult perdere Jupiter dementat.

LA marquise tenait à l'exécution de son projet, et je connaissais le proverbe.

Le lendemain de cette ouverture diplomatique, je n'opposai aucune résistance à notre visite au château.

A vingt ans, je pouvais passer pour un joli garçon : cheveux noirs, yeux et sourcils de la même couleur, de l'expression, taille de lancier de la garde, démarche assurée, manières

9.

ouvertes et franches, le ton de la bonne
compagnie, sans affectation, et une
étoile!... une étoile!... Dieu sait si je
fis jamais un vœu en vain, si le succès
manqua .à mes amours! Une étoile!
une étoile!... cela peut vous paraître
de la fatuité... Amélie... Zéphirette et
tant d'autres... O fortune! amours! et
cependant!!...

Vêtu avec élégance, j'accompagnai
M. de Saint-Maxent au château, où nous
fûmes reçus, comme de coutume, en
vieilles connaissances,. en amis éprou-
vés. M. de Saint-Maxent trouva un prétexte pour s'emparer du tuteur, et l'en-
traîner loin de sa pupille. La marquise
se chargea du soin d'éloigner le jeune
de Mérel, en l'attirant au jardin par
des agaceries; me voilà tête-à-tête avec
Sidonie. Un vilain, une noble demoi-

selle! comment m'y prendre pour lui
prouver que l'amour n'entend rien aux
catégories, que je l'aime, qu'il est de
son intérêt de m'aimer, et qu'une alliance entre nous n'est pas impossible?

« Il est triste de vivre seule.

« —Ce n'est pas être seule que d'a-
voir un frère, un ami...puis l'habitude.

La sotte idée qui m'est venue là, re-
commençons sur de nouveaux frais.
Comment aborder la question? Par
une préoccupation singulière, Mademoiselle, j'ai dit, non ce qui est maintenant, mais ce que l'avenir présage;
vous n'êtes pas encore seule, mais le
temps n'est pas éloigné où vous pouvez l'être. Votre frère, dont le caractère est éminemment français, semble
résolu à embrasser la carrière des armes.

« — L'idée de cette séparation est accablante.

« — Privée de vos nobles parens, sans appui dans le monde ; condamnée à fuir ceux que votre naissance vous donne pour amis....

« — Oh ! je sens trop combien il serait dangereux de rechercher leur société.

« — Et pourtant c'est au sein de cette société que le sort a dû placer l'heureux mortel qu'il vous destine pour époux.

« — La noblesse est un préjugé, et l'orgueil un vice.

« — Vice, et préjugé bien naturels dans la situation où la nature vous a placée.

« — Je ne connais d'autre noblesse que celle de l'honneur ; mon cœur peut

être royaliste, mais ma raison est tout-
à-fait républicaine. Que dis-je, n'allez
pas abuser de mon indiscrétion, nous
vivons dans un temps...

« — Que vous me connaissez mal,
moi qui donnerais ma vie pour la vôtre.

« — Que dites-vous, Monsieur ?

« — Ah! pardonnez, mademoiselle.

« — Pardonner! un tel dévouement
n'a pas de quoi me fâcher.

« — Serait-il vrai?

« — Qu'y a-t-il d'incroyable à cela ?

« — Aimable Sidonie, ou vous ne me
comprenez pas, ou vous vous jouez
bien cruellement d'un sentiment qui
fait déjà le tourment de ma vie.

« — Ni l'un ni l'autre, mon ami, me
dit-elle en souriant; je comprends par-

faitement, vous m'aimez et je vous aime aussi.

« — Vous m'aimez, et vous me le dites !

« — La franchise est une vertu.

« — Charmante naïveté ! Faut-il y croire ? » Les définitions sentent un peu l'école, un peu le pédantisme ; mais elle est charmante. Je n'aurais jamais cru que l'élève d'un jésuite pût être aussi sincère. Diable ! cela fait penser, il y a du bon dans un jésuite : et j'étais aux genoux de Sidonie, et je pressais sa main sur mes lèvres ; elle l'abandonnait à mes baisers.... Maudit contretemps ! le tuteur.... déjà, et nous n'avons pas encore eu le temps de nous expliquer. Sa figure est sombre, son visage sévère, il m'a vu aux genoux de sa pupille ; le marquis, au contraire, paraît d'une

gaieté folle, «Bien très - bien, mes enfans, vous êtes précisément dans l'état
où je désirais vous trouver : il me prouve
qu'une explication a eu lieu, que vous
vous entendez à merveille. Monsieur
l'abbé commence à sentir qu'une alliance entre notre jeune ami et mademoiselle Sidonie est de nécessité ur-
gente : Je m'explique :

« Par le temps qui court, l'orgueil
et les préjugés forment un patrimoine
auquel il est dangéreux de ne pas re-
noncer de bon gré ou de force; il faut
déposer sur l'autel de la patrie tout
sentiment étranger à sa gloire, à son
bonheur, et contraire à la concorde
qui doit régner entre ses enfans.

« L'intérêt de votre propre conserva-
tion, monsieur l'abbé, si votre cœur
ne vous propose rien de généreux pour

votre pays, doit vous déterminer à accueillir ma proposition.

« Inscrit sur la liste des suspects, vous vous dérobez avec peine à la malveillance des méchans, il vous épient avec tant de soin, qu'il serait impossible qu'ils ne trouvassent pas enfin un petit prétexte pour vous incarcérer, et du tribunal révolutionnaire à l'échafaud, vous savez qu'il n'y a qu'un pas.

« Le destin vous offre une occasion, monsieur l'abbé, d'échapper à cet avenir funeste; dites un mot, et les républicains vont tomber à vos pieds. Il sera un grand homme pour eux, un patriote éprouvé à l'égal du dernier des Romains, celui qui aura conçu et approuvé l'alliance d'un roturier et d'une noble demoiselle. Il ne se présentera jamais, mon cher abbé, une aussi belle occasion de faire vos preuves ; saisissez-la , c'est un conseil d'ami que je vous donne : vous le reconnaîtrez un jour. Enfin , vous dirai-je que le père de notre jeune protégé est aujourd'hui un homme influent, qu'il compte parmi ses amis les puissances du jour ? Vous dirai-je?.. non , je n'ajoutai rien : je vous connais homme d'esprit et de bon sens ; vous devinez tout le parti que l'on peut tirer d'un pacte d'union avec le philistin. »

L'abbé ne répondit rien ; il semblait absorbé dans ses réflexions. Sidonie semblait attendre avec anxiété qu'il sortit de sa rêverie. Le marquis qui crut sans doute qu'il ne pouvait y avoir d'autre moyen de le rendre au sentiment de l'existence, que de toucher rudement quelque partie de son indi-

vidu, lui avait saisi vivement le bras,
lorsque le jeune de Mérel parut avec la
marquise.

« Bon, dit-il avec gaieté, je sais de
quoi il s'agit; vous parlez mariage,
rien de plus naturel, de plus juste et
de plus nécessaire. Mon ami, ajouta-t-il
en s'adressant à moi, tu aimes ma sœur,
madame la marquise m'en a fait la
confidence; j'ai répondu que tu es aimé
de Sidonie. Ainsi tout va pour le mieux;
il ne reste donc plus qu'à gagner notre
tuteur; il consentira, je me charge de
lui faire entendre raison : nous en
causerons ensemble demain matin,
monsieur l'abbé, mais il est temps de
songer au dîner, il est servi, allons nous
mettre à table.

J'ai souvent réfléchi sur la nature du
sentiment qui m'attachait à Sidonie.

Etait - ce de l'amour ? Elle était assez
jolie pour en inspirer. Près d'elle, il
est vrai, j'avais peine à commander à
mon ardente imagination ; mais son
empire sur mes sens ne s'exerçait que
par sa présence. Absente de mes yeux,
elle l'était à mon cœur. Il fallait que
l'on me rappelât qu'il existait une
Sidonie dans le monde. Non, non, ce
n'était pas de l'amour ; l'amour n'est
plus de l'amour sans l'espérance et le
souvenir. N'était-ce que le désir de
prendre place dans le monde sous les
auspices d'une jeune et riche héritière ?
Je n'étais pas encore dans l'âge de
l'ambition. J'avais le cœur plus haut que
la fortune et je rêvais depuis ma plus
tendre enfance, des succès militaires
qui devaient m'assurer un jour plus de
richesse et de gloire que ne m'en promet-

tait mon union avec la fille des anciens
grands seigneurs. N'était-ce que le besoin d'essayer d'une nouvelle position ?
J'ai quelques raisons de le penser. C'est
une de ces inconséquences que la mo-
bilité de l'esprit humain explique suffi-
samment.

Qoiqu'il en soit, qu'importe le sentiment ou la fatalité qui m'ont poussé
à contracter une alliance déraisonnable,
je vous dois compte de la circonstance
qui me détermina.

Après le dîner, on se rendit au salon.
On pria la marquise de chanter; elle se
rendit au piano, et selon sa coutume
ravit son auditoire, puis céda sa place
à Sidonie qui, sans être d'une grande
force, se faisait entendre avec plaisir.

Je ne sais à quel malin démon, elle
dût, ce soir là, le charme de sa voix; je ne

sais quel génie trompeur rendit mon oreille sensible à l'harmonie de la musique et des vers, mais je fus enchanté, ravi, subjugué.

La romance que chanta l'enchanteresse devait être un chef-d'œuvre, tout me porte à le penser, mais ce chef-d'œuvre s'est tout-à-fait effacé de ma mémoire : je n'en ai retenu que les quatre premiers vers et la ritournelle musicale....

> Je croyais que d'un doux regard
> Il avait compris le langage,
> Hier au soir, mais par hasard,
> Je me trouvais dans le bocage.
> . . . .
> . . . .

puis quelques vers de remplissage et un refrain moral dont le but était de

prouver que celui-là ne mérite ni merci,
ni miséricorde, qui ne sait interpréter la
langue des œillades et la pantomime
des soupirs.

De quelles sottises le cœur humain
n'est-il pas capable? Quelques rimes
qui n'avaient pas le sens commun me
firent extravaguer et je rentrai à la Brulerie en répétant à la marquise, elle
est charmante! je l'adore.

Ce que vous connaissez du caractère
d'Amélie, suffit sans - doute pour vous
persuader qu'elle n'était pas femme à
laisser traîner en longueur un projet
dont l'exécution devait porter si haut
la gloire de son nom et lui fournir
pendant plusieurs mois une foule de
distractions.

Elle mit en œuvre avec une telle
célérité toutes les ressources de son

génie, qu'en moins de six semaines
l'abbé fût subjugué. Mon père, prévenu
par l'intermédiaire du notaire de la rue
Montmartre, nous avait envoyé son
consentement à mon union avec Sidonie de la meilleure grâce du monde,
en y ajoutant des présents de quelque
valeur pour sa future brû et une somme
d'argent assez considérable, qui devait
pourvoir aux premiers frais de notre
établissement.

Nous avions juré devant un homme
en écharpe et monsieur l'abbé en étole,
de nous aimer toute la vie et d'être
fidèles ; faibles liens que le diable et
l'occasion rompirent bientôt.

N'en déplaise à Diogène, Juvénal et
Boileau, à la philosophie tant ancienne
que moderne, aux railleurs passés, présents et futurs, l'hymen est une fort

9*

jolie chose ; les caresses d'une jeune
femme ne sont pas toujours trompeuses,
et lors même qu'elles le sont, c'est une
exception à la règle générale.

Que l'on est fier de pouvoir dire :
voyez-vous cette aimable personne à la
blonde chevelure, aux yeux bleus ex-
primant la douceur, au sourire enchanteur ; elle est à moi. J'ai des droit à sa
tendresse, à son amour que le ciel et
les hommes ont consacré : c'est ma
femme enfin.

Le mystère préside aux entrevues
d'un amant avec sa maîtresse, ils crai-
gnent le blâme des hommes, les reproches de ceux qui leur sont attachés
par les liens du sang, les malédictions
d'une mère. L'hymen rend tout légitime :
le monde félicite les époux de leur
mutuelle amitié, une mère sourit à leurs

embrassemens. Ici, on est heureux avec
inquiétude, on se quitte avec des re-
mords. Là, le bonheur est sans mélange,
et lorsque la nécessité sépare deux
époux, les adieux se font à la face de la
société. On trouve des amis qui com-
prennent vos regrets, qui les approu-
vent et qui ne dédaignent pas de vous
adresser des consolations. Enfin pour
terminer, il n'est de bon, de juste, d'heureux, que ce que l'on peut avouer tout
haut, sans rougir et sans appeler à son
secours des sophismes et des subtilités.

Possesseur d'une fortune considérable, époux aimé d'une aimable et jeune
personne, visité souvent par de vrais
amis, jouissant d'une santé parfaite,
j'étais heureux! oh bien heureux! et
cependant...

N'ajoutons rien à ce chapitre couleur

9*.

de rose; quelques réflexions, une seule
peut-être suffirait pour en rembrunir
la teinte.

CHAPITRE XIV.

DISPERSION DE LA SOCIÉTÉ. — CONSÉQUENCES
D'UNE ÉDUCATION JÉSUITIQUE. — LE RETOUR
DE L'ABBÉ. — DIVORCE.

> Hélas ! jeunesse apprend trop bien le mal.
> Gresset, VERT-VERT.

LE temps avait marché : la France se
débattait bien encore contre quelques
petits tyrans ; mais ses oppresseurs les
plus féroces avaient reçu le juste châtiment de leurs crimes. L'armée chargée
du sacrifice expiatoire, effaçait par des
victoires les taches sanglantes faites par
des forcenés au drapeau de la liberté.

Un jeune capitaine dont le nom
devait un jour parcourir le monde,

préludait à ses conquétes immenses par celle de la terre classique de la gloire.

Le marquis et le jeune de Mérel n'étaient plus au village, ils servaient dans l'armée du héros. Amélie habitait Paris, moi seul j'étais stationnaire, je vivais sans gloire, mais aussi sans tourment et sans peine : je me trompe quand je dis sans peine.

Certaine remarque que j'avais faite la première nuit des noces, avait laissé dans mon esprit une vague inquiétude. J'avais demandé des doutes à Buffon, aux naturalistes et aux médecins qui ont traité cette matière délicate : Sidonie elle-même avait répondu avec un tel air de bonne foi et d'ingénuité à de pressantes questions, que je m'en voulais, *in petto* de revenir sans cesse sur une injustice, ou sur un mal irréparable.

.... Hélas! le tout en vain.

Cette idée toujours combattue, toujours repoussée, renaissait continuellement pour agiter mon cœur et tourmenter mon esprit. Elle se fortifiait de la mauvaise opinion que j'avais conçue de celui qui avait présidé à l'éducation de Sidonie; et je l'avoue, il me paraissait impossible qu'une jeune fille sortît innocente et pure des mains d'un tartufe; car l'abbé F... n'était pas autre chose à mes yeux.

Avant la révolution, il était chez les parens de ma femme ce qu'on appelait l'ami de la maison: rarement près du mari; mais très-occupé près de madame, directeur de sa conscience et de sa toilette, il mettait dans l'une et dans l'autre un égal désordre.

M. de Mérel occupé de ses plaisirs et

de ses devoirs militaires, s'en rappor-
tait à la Providence du soin de le pré-
server des disgrâces conjugales; résolution d'une sagesse incontestable, qui,
alors même qu'elle ne préserve pas de
l'événement, nous en épargne la honte
et les chagrins en nous en dérobant
l'existence.

Quoiqu'il en soit, la nature des liai-
sons qui existaient entre l'abbé et madame de Mérel n'était ignorée de personne. On savait qu'il était l'amant de
la noble dame, que chez elle il était
le maître absolu. Je suppose que l'abbé
s'apperçut bien vîte que je n'étais pas
homme à jouer le rôle de mari com-
plaisant: il vit bien qu'il n'était pas à sa
place au vieux château que j'habitais ;
il nous fit ses adieux peu de temps
après notre mariage. Je fus sur le point

de faire reproche à Sidonie, des regrets, qu'elle lui témoignait au moment de son départ; mais nous étions encore dans la lune de miel : l'essentiel était qu'il partît, je me contins.

Il y avait près de deux ans qu'il nous avait quittés; lorsqu'un jour, le 17 avril 1796, je partis pour Montargis où une affaire m'appelait. Il s'agissait de l'acquisition de la petite métairie que j'habite aujourd'hui. Je ne devais être de retour que le lendemain soir; mais arrivé à Montargis, ne pouvant terminer l'affaire pour laquelle j'y étais allé, je revins le même soir. Mon cœur comptait encore les momens que je passais loin de ma femme.

A huit heures, j'étais à la porte du château. « Il nous est arrivé un étranger, me dit Charles en prenant la bride

de mon cheval, et madame fait avec
lui une promenade dans le parc. »

— « Est-il jeune ? »

— « Dame monsieur, oui, si je re-
garde à la toilette ; m'est avis malgré ça
que ça peut bien avoir la quarantaine. »

En quelques enjambées me voilà
dans le parc, mon cœur bat plus vîte,
je ne sais plus maintenant ce qui me
presse d'arriver près de Sidonie. Est-ce
l'amour ? Est-ce la jalousie ? mais j'entends quelque chose... Ils sont par là,
doucement, doucement étourdi, avance plus lentement... Il fait nuit, ils par-
lent bas ; ils sont assis dans la char-
mille, écoute... Garde-toi de te faire
reconnaître brusquement ; il est bon de
savoir de quoi ils s'entretiennent : In-
fernale jalousie !... Je n'en puis plus
douter, c'est toi qui me guides, qui

m'inspires!... Maudite curiosité! Il est bas d'espionner!... C'est une sottise de vouloir apprendre ce qu'on devrait ignorer, et pourtant j'écoute! Maudite curiosité!

« Il y a si long-temps, petit ami, que je n'ai eu le bonheur de t'embrasser! »

Petit ami, c'est au masculin, il n'est pas possible d'en douter. Quoique ce sot ne connaisse pas bien sa langue, il a dit un étranger. Ce serait à un homme que ma fidèle amie adresserait ces douces paroles? Ecoutons, parlera-t-il?... Il l'embrasse, je crois! La foudre éclatant sur ma tête ne m'aurait pas arrêté... C'est elle, c'est un homme! Elle s'échappe de mes mains... Il ne m'échappera pas, lui... Je le tiens, je le traîne jusque dans ma chambre; je le

10.

reconnais... Est-ce bien notre petit
prestolet? Sous l'habit du monde, il
est encore reconnaissable; misérable
jésuite! Voilà donc mes pressentimens
réalisés, voila les conséquences de l'in-
fernale éducation que tu as donnée à ta
méprisable élève, voilà les fruits de
l'hypocrisie. Tu n'échapperas pas au
châtiment que je te prépare. Tu trem-
bles? ne crains pas pour ta vie, je te la
laisserai pour la maudire; mais je ne
veux point agir en insensé, sous l'influence d'une funeste passion, la colère ne conseille. que la violence. La
réflexion seule nous rend à l'empire de
la raison. Demain, je t'apprendrai ce
que j'ai résolu. Suis-moi.

Le jésuite tremblant s'était cru à son
héure dernière, il obéissait à tous mes
commandemens avec la plus grande

docilité. Je le conduisis dans une chambre, au premier étage. Il l'habitait autrefois, son lit y était déjà fait. J'en fermai la porte à double tour, et en retirai la clef. Je me mis ensuite à la recherche de Sidonie, je la trouvai à la première porte d'entrée. Elle se jette à genoux, arrose de ses larmes une de mes mains dont elle s'était emparée, elle essaie en vain de parler, elle ne prononce que ces seuls mots : pardonne! oh pardonne !

« Relevez-vous, madame, que vos domestiques ne soient pas témoins de votre confusion, relevez-vous et retirez-vous dans votre chambre.

« — Pardonne, pardonne !

« — Relevez-vous, repris-je, demain, vous connaîtrez la réparation que j'exige. »

Cette fois, et pour la première, je m'exilai de sa chambre et de son lit, pour n'y plus rentrer.

Après de tels assauts, si la conscience est en paix, le cœur ne l'est pas : on juge aisément qu'il me fut impossible de me livrer au sommeil, ma tête était en proie aux plus folles idées. Enfin, la raison triompha, et je fus assez maître de moi pour n'entrer le lendemain qu'à neuf heures dans la chambre de Sidonie. Elle était pâle, abattue, on voyait qu'elle avait pleuré toute la nuit. Elle recommença la scène de la veille. Je lui commande le silence, en la priant de m'attendre. Je monte à la chambre de l'ex-abbé. Le monstre avait repris tout le calme, toute la gravité qu'il affectait aux jours de sa puissance. Je lui fis signe de me suivre, car je ne me sentais pas

la force de lui adresser la parole avant
le moment décisif, et je l'introduisis
dans la chambre de Sidonie. Les san-
glots recommencèrent, je montrai un
siège au tartuffe, je m'assis moi-même
en faisant tous mes efforts pour con-
tenir un mouvement de colère encore
prêt à éclater, je parlai en ces termes
à mes deux criminels :

« A l'un et à l'autre, je vous épar-
gnerai les reproches, ici le repentir
m'est garant que la faute est appréciée,
et que la conscience est aussi un juge
d'une équité sévère. Là, une longue
expérience du crime a cuirassé le cœur
et rendrait inutile tout ce que l'on
pourrait dire au nom de la morale et
de la raison outragées.

« Appelé par une mère coupable à diriger l'éducation de sa fille, vous avez

profité de l'aveuglement de l'une et de l'innocence de l'autre, pour souffler le feu des passions dans un cœur encore peu capable de distinguer et ce qui est bien et ce qui est mal. C'était une ac-tion digne de l'habit que vous portiez et conforme en tout aux principes de l'ordre.

« J'ai maintenant l'explication de la résistance que vous opposiez à mon union avec votre pupille. Ah! si j'avais eu l'art de deviner ou celui de lire dans le cœur du méchant! Mais laissons des regrets inutiles.

« Je conçois qu'arrivé pendant mon absence, vous ayiez cherché à mettre le temps à profit, que vous ayiez regagné en peu d'heures les droits que vous aviez autrefois sur votre élève, et je rends grâces au ciel, qui n'a pas per-

mis que je fusse plus long-temps votre
dupe.

« Une loi sage offre au mari blessé
dans ses affections, la seule réparation
raisonnable qu'il puisse exiger. La dis-
solution des liens que l'honneur lui fait
un devoir de rompre : j'en profiterai.
Je vous abandonne votre conquête, et
par cet abandon, je vous mets en position de réparer vos torts: maintenant
que vous êtes rentré dans la vie civile,
rien ne peut s'y opposer. Adieu, vous
ne me reverrez plus. »

Je me levai et me disposai à sortir :
elle se jette au-devant de moi, m'arrête,
m'entoure de ses bras, embrasse mes
genoux.

Le tartufe même paraît ému ; il s'approche de moi, je lui impose silence...
« Sidonie, dis-je, à la jeune victime du jé-

suitisme, Sidonie, de quoi vous plaignez-vous ? Je ne vous accuse pas, j'ai fait la part de la faiblesse; j'ai désigné le coupable; mais il est de ces fautes qui sont irréparables, soit que l'on en soit l'auteur, soit qu'on en devienne la complice involontaire.

« Je crois au repentir, mon cœur sait pardonner, mais il ne sait pas oublier. Là, est le souvenir, ajoutai-je, en mettant la main sur ma poitrine, il ferait votre tourment et le mien. Il faut nous séparer, et pour jamais. Le seul et dernier service que vous puissiez me rendre, est de vous conformer strictement à la note que j'ai laissée sur la table de la chambre que j'ai occupée la nuit passée, et de m'envoyer, le plus tôt possible, à l'auberge de la Croix Blanche, les effets que je réclame. »

Je quittai la maison, pour n'y rentrer jamais, sans jeter un seul regard en arrière.

Je me rendis à la Croix Blanche, et là, je n'attendis pas long-temps le bon Charles.

Il pleurait, le pauvre homme! son attachement à son jeune maître avait un caractère de gravité souvent comique, par fois singulier, mais toujours respectable.

Il avait transpiré au vieux château quelque chose des scènes de la veille et de la matinée, on y savait que je m'en étais exilé. Le brave homme m'exprimait ses regrets de se voir séparé de celui dont la présence était si nécessaire à son bonheur, et qui était, pour ainsi dire, chargé de son avenir,

de celui de sa femme et de sa fille d'a-
doption.

Charles Auxerré n'était pas encore
précisément un vieillard ; il approchait
tout au plus de la cinquantaine. C'était
une de ces figures fraîches, ouvertes
et réjouies ; sa chevelure était déja
blanche, et il avait je ne sais quoi
dans la pose, dans la tournure, dans
la manière de s'exprimer, des patriar-
ches de l'Ancien-Testament. Sa femme,
bien digne d'être associée à la destinée
d'un honnête homme, était travail-
leuse, infatigable, excellente ménagère, d'une propreté recherchée ; ses
mœurs simples et douces faisaient le
bonheur de son mari et de ceux qui
l'entouraient.

Ce couple habitait la petite métairie
que j'avais le projet d'acheter, et le bon

Auxerré n'était employé au vieux château que comme homme de journée
pour les travaux du jardin.

Il arriva qu'un soir d'hiver, un dimanche, je crois, qu'il se chauffait tête
à tête avec sa femme, à ce même foyer
où je me chauffe aujourd'hui, le dialogue suivant s'établit entre eux.

« Après douze ans de mariage, n'a-
voir pas d'enfant ; pas tant seulement
une pauvre petite fille, oh ! c'est bien
guignolant !

« — Ce n'est pourtant pas ma faute,
ma bonne Marie.

« — Oh, je te rends bien justice,
mais ça n'empêche pas que c'est bien
malheureux pour moi qui reste toujours à la maison seule comme un
ermite, dame ! vous autres, c'est bien
différent ; vous allez d'un ouvrage à

un. autre; mais nous, nous sommes toujours là.

« — Parbleu, oui, je te conçois bien, mais qu'y faire?... attends donc, il me vient une idée... Si... et pourquoi pas, ce sont des enfans comme d'autres, ils n'ont pas demandé à naître, les pauvres, innocents! ils sont bien malheureux.

« — Va, mon bon Charles, j'y ai pensé souvent, mais je n'osais pas t'en faire la proposition; tu le voudrais donc bien?

« — Et sans doute que je le voulions bien.

« — Fallait donc le dire.

« — Dam! je n'osais pas.

« — L'innocente!

« — Tu partiras dimanche par le coche.

« — Par le coche.

« — Ah ça, choisis-nous bien ça.

« — Sois donc tranquille.

« — Une petite fille.

« — C'est bien entendu.

« — C'est pour moi. »

Chargée des pleins pouvoirs de son mari, la bonne Marie se rendit à Paris, choisit une petite fille à l'hôpital des Enfans-Trouvés et revint à la maison conjugale. La petite fille enchante le bon homme Auxerré et les deux époux jurent sur son berceau que c'était là leur enfant, qu'ils n'en désiraient pas d'autres et qu'ils la traiteraient toujours comme si elle eût été le fruit de leurs amours. Une chèvre devint la nourrice de l'enfant trouvé, la gentille Brigitte; Marie ne pouvait lui donner un lait qu'elle n'avait pas; mais les soins les

plus tendres ne lui manquèrent point
et grâces à la bonne femme, Brigitte à
quinze ans était la plus jolie fille du
village; une tournure d'ange, des mains
d'une blancheur et d'une délicatesse
que le travail ne pouvait détruire, encore des yeux bleus; mais d'un bleu
d'une douceur, d'une expression! une
petite bouche que le sourire entr'ou-
vrait quelquefois, la couleur de la rose
et la fraicheur du printemps.

Je devais des consolations au brave
homme qui s'affligeait de mon départ.
Je l'assurai que ce départ ne pouvait en
rien compromettre son avenir, que
j'allais terminer l'acquisition de la métairie qu'il occupait, lui fournir quelques vaches et lui laisser la faculté d'en
fixer le loyer dont il ne me devrait le
compte qu'à mon retour qui, selon

certaine prévision, ne pouvait être que fort éloigné.

Je partis le même soir pour Montargis : un avoué qu'un peu d'or rendit le plus chaud de mes amis, se chargea du soin de faire rompre le plus promtement possible des nœuds que la mort seule devait briser. Par un hasard heureux le tribunal n'eut point à prononcer sur la question de divorce ; l'acte civil renfermait plusieurs nullités, les publications de mariage n'avaient point eu lieu dans la commune du domicile de mon père, mon acte de naissance n'avait point été exhibé. Le père de Sidonie était frappé de mort civile, l'officier public, novice en droit, avait cru pouvoir procéder à notre union sur le consentement du tuteur, mais le Code prescrit d'autres obligations,

10*

il fallait le consentement des ascendans; à leur défaut pour cause de décès on ne pouvait se dispenser de produire l'acte de délibération d'un conseil de famille; le mariage fut déclaré nul.

Toutes affaires d'intérêt étant réglées, je revins au village de D..., pour traiter définitivement de l'acquisition de la métairie.

TABLE DU PREMIER VOLUME.

MÉMOIRES

D'UN

PAUVRE HÈRE.

MÉMOIRES

D'UN

PAUVRE HÈRE.

> » J'ai assisté aux scènes patriotiques de la révolu-
> lution près des hommes les plus célèbres de cette
> époque. Sans vivre dans leur intimité, je les ai vus
> en certaines circonstances m'offrir un profil facile
> à dessiner. Les puissances des temps ont posé devant
> moi. J'ai combattu à Marengo, tout près de l'homme
> extraordinaire : ēt je me rappelle avec orgueil que
> je suis tombé sur le champ de Waterloo, en m'é-
> criant avec mes braves camarades LA GARDE MEURT,
> ELLE NE SE REND PAS. »

Mémoires d'un Pauvre Hère. Chap I.

Deuxième Édition.

TOME PREMIER.

PARIS,

CHEZ DÉNAIN, LIBRAIRE,

RUE VIVIENNE, N° 16.

1850.